HURENMORD

Manuel Blötz

Bibliografische Information der Deutschen Nationalbibliothek: Die Deutsche Nationalbibliothek verzeichnet diese Publikation in der Deutschen Nationalbibliografie; detaillierte bibliografische Daten sind im Internet über http://dnb.dnb.de abrufbar.

© 2016 Manuel Blötz
Herstellung und Verlag:
BoD – Books on Demand, Norderstedt

ISBN: 978-3-7392-3235-5

Für meine liebe Frau Jennifer und unseren ge-
meinsamen Sohn Lewis Raffael,
unser ganzer Stolz.

EINE BEGEGNUNG BLEIBT EINE
BEGEGNUNG!
ERST WENN WIR UNS EINEN KURZEN
MOMENT ZEIT NEHMEN UND
INNEHALTEN,
KANN DARAUS EINE GELEGENHEIT
ENTSTEHEN!

Mike

Vorwort

Mein Name ist Mike Kebeck, ich bin Redakteur beim Kieler Tagesblatt. Auf den folgenden Seiten werden sie mich dabei begleiten, wie ich eine Mordserie lösen werde, der weder die Polizei noch die zuständigen Kollegen meiner Redaktion die notwendige Beachtung schenken.

Obwohl es mittlerweile zwölf Mordopfer gibt, sieht meine Zeitung keinen Grund darin, diese Fälle miteinander zu verbinden. Jeder Mord wird runtergespielt und als einzelne Tat bewertet. Bisweilen wurde nicht einer davon aufgeklärt und auch die Polizei gibt mir nicht mehr Informationen als notwendig.

Ich habe daher beschlossen, den zuständigen Kollegen in meiner Redaktion zu übergehen und diese Fälle im Alleingang zu lösen.

Ich bin da nämlich auf eine heiße Spur gekommen…

I

In den umliegenden Wäldern rund um Kiel tauchen seit ein paar Monaten in zweiwöchigen Abständen, Frauenleichen auf. Bisher handelte es sich dabei immer nur um Prostituierte. Sie wurden vergewaltigt und so schlimm verstümmelt, dass selbst die härtesten Kollegen aus unserer Redaktion, beim Anblick der Bilder, blass um die Nase geworden sind. Die Polizei hat scheinbar noch keine richtige Idee, wer dahinter stecken könnte, oder wie bereits erwähnt, vielleicht nicht den Wunsch, diese Sache aufzuklären. Ganz im Gegenteil zu mir.

Ich habe mich viele Abende am Kieler Hafen aufgehalten. Das ist der Ort, an dem das Horizontalgewerbe hauptsächlich ansässig ist. Die Damen waren nicht ganz so gesprächig, wie ich es mir erhofft hatte, denn immer wieder kamen ihre Zuhälter um die Ecke. Große, Stämmige Typen, die mir drohten. Ich versuchte ihnen mein Anliegen zu erklären, aber sie meinten, sie würden selber für den Schutz ihrer Mädchen sorgen und dass mich diese Sache nichts anginge. Es sei ihr Job.

Es machte dann langsam die Runde, dass ich dort herumschnüffelte. Man duldete mich dort zwar noch, aber sobald ich die Damen ansprach, dauerte es nicht lange, bis sich einer dieser großen Hünen näherte. Da ich gerade mal 1,80 Groß bin und nicht gerade sportlich gebaut, würde ich einer Konfrontation nicht wirklich standhalten. Ich habe dann immer lieber schnell das Weite gesucht.

An einem Abend, an dem ich in einer Seitenstraße einen neuen Versuch gestartet habe eine der Damen anzusprechen, hätte ich fast das Zeitliche gesegnet. Sie war Blond und hatte, wie viele ihrer Kolleginnen, deutlich zu viel Schminke aufgelegt. Sie erfüllte absolut das Klischee. Kurzer Rock, der auch als Gürtel hätte durchgehen können, schwarze Nylonstrümpfe, hochhackige Schuhe und ein sehr eng anliegendes, knallrotes Top in Lackfarbe. Wenn ich zum Fasching als Nutte gehen wollte, würde ich mich genauso anziehen.

„Na Süßer, hast du schon was vor?"

Ich wusste zwar, dass ich nicht mit den Damen sprechen durfte, aber ich wiegte mich in Sicherheit, weil wir hier alleine waren. Ich beschloss es zu versuchen.

„Bis jetzt nicht", antwortete ich knapp und ging ein Stück auf sie zu. Sie hakte sich bei mir ein und lächelte mich an. Wir hatten noch keinen richtigen Schritt gemacht, als mich etwas von hinten packte.

„Was hast du hier zu suchen, Arschloch?" Er zog mich ein beachtliches Stück nach oben, so dass meine Beine in der Luft baumelten. Anschließend warf er mich nach vorne und ich schlug hart auf den Pflastersteinen auf. „Ich habe dir gesagt, du sollst dich fern halten!"

„Hank, was soll das?" Die Hure stellte sich vor mich.

„Geh mir aus dem Weg, Cindy!" Er machte nur eine Bewegung und schon landete die rechte Hand von Hank in Cindys Gesicht. Ich will nicht übertreiben, aber sie flog bestimmt 2 Meter weit zur Seite und blieb zunächst reglos liegen. Mein Magen krampfte sich zusammen, denn ich wusste, dass ich der Nächste sein würde. Ich versuchte aufzustehen, drehte mich auf den Bauch und drückte mich hoch. Bevor ich mich aber aufrichten konnte, merkte ich, wie der Abstand zwischen den Pflastersteinen und mir immer größer wurde.

„Das ist meine letzte Warnung, das nächste Mal bekommst du neue Schuhe aus Beton und kannst lernen damit zu schwimmen." Mit diesen Worten wurde der Boden unter mir schneller und kam nun auch wieder etwas dichter. Es knackte verdächtig, als ich mit der linken Schulter voran auf der Straße landete. Ich musste husten und versuchte mich auf die Seite zu drehen.

Während ich meine Knochen zählte und überlegte, ob ich überhaupt ohne medizinische Hilfe aufstehen sollte, sah ich, wie Hank, Cindy, die sich jetzt wieder bewegte, an den Haaren hochzog und sie hinter sich her schleifte. Zu meinen Schmerzen gesellte sich jetzt auch noch ein schlechtes Gewissen. Ich wollte sie nicht in Gefahr bringen und hoffte, dass er ihr nichts antat.

Mein Plan die Informationen direkt dort zu bekommen, wo die Damen scheinbar verschwanden, ging also nicht auf. Ich brauchte eine neue Idee.

Ich mietete mich zwei Tage nach diesem Vorfall für eine Woche in einem ländlichen Hotel ein und bestellte mir den Escort Service. Ich ging davon aus, dass die Damen, welche mich dort besuchten, mit denjenigen in Kontakt waren, welche sich am Hafen anboten. Ich hatte Glück. Linda, wahrscheinlich nicht ihr echter Name, war die Erste, welche zu mir kam. Ich erklärte ihr, was ich wirklich wollte, versprach ihr aber, dass ich sie dafür trotzdem normal bezahlen würde. Dana, meiner Frau, hatte ich erzählt, dass ich für ein paar Tage weg musste, um für einen Artikel zu recherchieren.

Ich bekam heraus, dass es scheinbar nur die Damen betraf, die sich am Hafen auf freier Straße anboten.

„ Ich habe noch nichts davon gehört, dass es auch uns betrifft, also die, die telefonisch bestellt werden." Sagte sie.

„ Da gibt es ein paar Dinge, die ich nicht ganz verstehe", entgegnete ich, „ wieso werden die Zuhälter nicht aktiv? Als ich am Hafen ein paar Frauen angesprochen habe, hat es nicht lange gedauert und ich hatte sofort die Aufmerksamkeit der Herren. Weshalb lassen die es zu, dass Ihren Kolleginnen so etwas widerfährt? Das kann doch nicht gut fürs Geschäft sein."

„ Ich weiß es nicht, aber er soll angeblich ein sehr mächtiger Mann sein."

„ Seit wann lassen sich Hank und seine Freunde denn von einflussreichen Männern etwas sagen?"

„ Keine Ahnung, aber angeblich soll der Typ besonders gut bezahlen."

„ Ist da zufällig auch mal ein Name gefallen?"

„ Nicht das ich wüsste. Ich habe mal versucht eines der Mädchen zu fragen, aber sie hat mir gesagt, dass sie auf keinen Fall darüber reden darf und das ich es auch nicht tun sollte."

„ Kennst du denn eines der Opfer?"

„ Ich persönlich kannte vier von ihnen, wobei kennen auch nicht unbedingt das richtige Wort ist. Wir haben zufällig mal in einer Bar miteinander geredet. Eigentlich haben wir aber nicht viel miteinander zu tun. Die anderen sieben, die gestorben sind, kannte ich nicht."

„ Sieben und vier sind elf. Es waren aber zwölf Opfer."

„ Von uns waren es nur elf. Die Erste die es erwischt hat, war glaube ich freischaffend."

Freischaffend. Ich wusste gar nicht, dass es in diesem Gewerbe überhaupt möglich war. Auch wenn alles mittlerweile legal und auf Steuerkarte läuft, wird diese Berufsgruppe immer noch von einigen wenigen exklusiv beansprucht. Es ist also kaum möglich, sich in diesem Job selbstständig zu machen, zumindest nicht ohne das Risiko einzugehen, dass einem die Konkurrenz das Licht auspustet.

Ich bedankte mich bei Linda und zahlte sie aus. Ich gab ihr etwas mehr als vereinbart, in der Hoffnung, dass sie unser Gespräch für sich behalten würde. Ich wollte nicht riskieren, dass einer dieser Schläger dort auftauchte.

In den nächsten Tagen sprach ich noch mit vier weiteren Eskortmädchen. Die Namen lasse ich mal weg, ich glaube die waren ohnehin nicht korrekt.

Die Kerninformationen, die ich von allen Befragten erhielt, waren, dass es tatsächlich nur elf Prostituierte waren, die dem Killer zum Opfer gefallen waren. Aber wer war Nummer eins? Interessant war auch, dass alle aussagten, dass es sich um einen sehr mächtigen und reichen Freier handelte, der die Opfer entführte. Drei der Damen nannten mir sogar einen Namen, der allerdings etwas seltsam klang. Ich nahm mir vor, ihn später zu überprüfen.

Da ich nur ein bedingtes Budget aus meiner Redaktion zu Verfügung habe, die ich als Spesen verbuchen konnte, musste ich recht bald an mein Privates Geld. Da ich es Dana aber nicht vernünftig hätte erklären können, ohne andere Details zu nennen, weshalb ich innerhalb von einer Woche tausende an Euro für Prostituierte ausgegeben hatte, stellte ich die Befragung ein. Mehr als den Namen, welchen ich schon erhalten hatte, konnte ich wahrscheinlich über diesen Weg ohnehin nicht ermitteln.

II

Mit dem Namen, den ich bekommen hatte, saß ich in der Redaktion und alles was ich herausfand, war eine Verbindung zu dem Schriftsteller Herman Melville. Mehr gab das Archiv und auch Google nicht her. Also fing ich damit an die Zeitungen zu studieren, in welchen mein Kollege über die Morde berichtet hatte. Irgendwo musste ich etwas übersehen haben.

Die erste Leiche wurde am 03.06.2013 in Kronshagen gefunden. Ein kleiner Wald oder Stadtpark, je nachdem wie man es sehen möchte. Sie lag halb nackt am Wegesrand und sah ziemlich übel aus.

Sie war die Einzige, die innerhalb der Stadt aufgetaucht ist und das Erstaunliche dabei war, dass es praktisch direkt neben einer Polizeiwache lag. Es wirkte fast ein bisschen so, als wenn sich der Täter einen Spaß daraus gemacht hätte, sie dort abzulegen. Die elf Anderen wurden in den Wäldern der Kieler Vororte abgelegt. Also wesentlich anonymer und nicht ganz so riskant um erwischt zu werden, was ihn aber nicht davon abhielt, die Toten nicht weit weg der Wege zu positionieren, so dass sie schnell gefunden werden konnten.

Namen wurden dabei nicht erwähnt und auch in den nachfolgenden Zeitungen wurde darüber nichts berichtet.

Bei der nächsten Leiche wurde der Mord im Stadtpark schon gar nicht mehr erwähnt, so dass sich auch hier kein Hinweis darauf finden ließ, wer das erste Opfer gewesen war. Diese Ignoranz zog sich wie ein roter Faden durch die nachfolgenden Berichte. Alle Artikel wurden von dem gleichen Kollegen verfasst und trotzdem schien es für ihn keine Zusammenhänge zu geben. Als ich ihn darauf ansprach, meinte er, dass die Kriminalpolizei nicht von einem Serienmörder ausginge und er nicht vorhabe Falschinformationen herauszugeben. Ich persönlich halte das für Unsinn und deshalb habe ich beschlossen dieses Buch zu schreiben.

Ich loggte mich auf unserem Server ein und druckte mir alle Bilder über die Opfer aus, welche ich dort finden konnte und das waren eine Menge. Der Kollege war beim Fotografieren sehr akribisch, was man über seine Recherche nicht sagen konnte. Beim Anblick der Fotos wurde mir übel, aber ich riss mich zusammen. Was mussten diese armen Frauen alles durchgemacht haben. Teilweise waren sie kaum noch zu erkennen.

Aber ich wollte die Verbrechen aufklären, da würde mir so was mit Sicherheit noch häufiger begegnen.

Ich griff unter meinen Schreibtisch und holte den leeren Schuhkarton heraus, wo zwei Tage zuvor noch meine neuen Wanderschuhe drin waren. Immerhin musste ich bei diesem Scheißwetter auch das eine oder andere Mal in den Wald, um mir die Tatorte direkt anzusehen. Ich legte die Bilder und die gesammelten Notizen in den Karton und schaltete das Licht meiner Schreibtischlampe aus.

Ich verließ die Redaktion und ging zu meinem Auto. Um diese Zeit war es still auf dem Parkplatz, es war kurz nach 11 Uhr Abends. Das Einzige was zu sehen war, waren die Lichter in der Druckerei, wo auf Hochtouren gearbeitet wurde, um die Ausgabe für den nächsten Morgen fertig zu stellen.

Ich kletterte in meinen Opel Astra und schaltete den Motor ein. Die Temperaturen waren noch über 0°C, aber laut unserer Wetterabteilung, sollten die Grade über Nacht noch unter den Gefrierpunkt fallen. Ich hasse die Kälte. Zum Glück hatte ich am nächsten Morgen meinen freien Tag.

III

Ich kippte gerade die Rühreier aus der Pfanne in eine Schale. Meine Frau Dana stand neben mir und schnitt ein paar Gurken und Tomaten klein. Mir reicht zum Frühstück eigentlich ein Brötchen und ein bisschen Aufschnitt, aber für die Frau muss das ganze immer zu einem Erlebnis werden.

Wir legten das geschnittene Gemüse, Wurst und Käse auf ein paar Teller und gingen zum Küchentisch zurück, um uns auf unsere Plätze zu setzen.

Ich jagte das Messer in mein Brötchen, schnitt es auf und belegte es mit Rührei. Es schmeckte herrlich. Rührei machen, das hatte ich drauf.

„Denkst du noch daran, dass wir heute Abend ins Kino gehen wollen?" Fragte sie.

„ Ich denk an nichts anderes", entgegnete ich.

Ich hauchte ihr einen Kuss zu. Ich wollte gerade wieder ins Brötchen beißen, als das Handy klingelte.

„ Kebeck. Hallo?" Die Rufnummer war unterdrückt.

„ Guten Tag Herr Kebeck. Mein Name ist Eisler."

„ Was kann ich für sie tun?"

„ Ich habe nicht viel Zeit Herr Kebeck. Mir ist zu Ohren gekommen, dass sie an der Sache mit den Prostituierten dran sind. Ich habe Informationen, die sie vielleicht benötigen." Mir stockte der Atem, was Dana mir wohl ansah, denn sie blickte etwas besorgt zu mir herüber.

„ Woher haben sie meine Nummer?"

„ Sie haben Ihre Quellen, ich habe meine. Können wir uns treffen?"

„ Natürlich. Wo?"

„ Kennen sie die Strecke in Strande wo es zum Leuchtturm geht?"

„Das ist aber sehr abgelegen.," ich zögerte kurz, " ich werde da sein."

„ Ich habe sehr delikate Informationen, Herr Kebeck. Ich fürchte um mein Leben, daher möchte ich nicht mit einem Reporter gesehen werden. Wenn jemand herausbekommt, dass ich mit Ihnen rede, dann bin ich ein toter Mann, so viel ist sicher."

Ein toter Mann. Mir lief ein kalter Schauer über den Rücken.

„ Wann soll ich da sein?"

„ Wenn sie es einrichten können, würde ich heute um 17 Uhr vorschlagen."

„ Ja, das kann ich schaffen. Bis heute Abend, Herr Eisler."

„ Auf wieder hören."

Das Gespräch wurde unterbrochen. Ich legte das Handy auf den Tisch und sah Dana an. Sie sah nicht glücklich aus.

„ Bis heute Abend?", fragte sie.

„ Keine Sorge, ich treffe mich um fünf mit einem Informanten, der mir bei meiner Story weiterhelfen kann. Zu unserem Kinobesuch bin ich rechtzeitig wieder zu Hause."

„ Das hoffe ich, wir waren schon so lange nicht mehr aus."

„ Versprochen." Ich sah auf die Uhr. "Es ist kurz vor neun, du musst zur Arbeit."

Wir standen auf und ich nahm die Teller vom Tisch, um sie in die Spüle zu legen. Anschließend nahm ich den Aufschnitt, steckte ihn wieder in die dazugehörigen Verpackungen und räumte sie in den Kühlschrank.

Dana kam zurück in die Küche und drückte mir einen Kuss auf die Wange.

„ Bitte sei vorsichtig, ich habe kein gutes Gefühl, was dein Treffen angeht. Pass auf dich auf."

„ Mach ich. Bis heute Abend." . Ich lächelte sie an und sie lächelte zurück. Ich konnte die Sorge in ihren Augen erkennen.

Sie öffnete die Haustür, zog sie zu und fuhr davon. Ich war also alleine.

Meine Gedanken kreisten um den Anrufer. Woher hatte er meine Nummer? Vielleicht hatte meine Redaktion sie herausgegeben, wobei das eher unwahrscheinlich war. Ich nahm mir vor ihn danach zu fragen.

Viel wichtiger war, dass er glaubte in Lebensgefahr zu sein. Die Informationen, die er hatte würden mich also wahrscheinlich weiterbringen. Doch mir wurde klar, dass auch ich jetzt öfter hinter mich gucken müsste, denn wenn er in Gefahr war, dann war ich es auch.

Wenn ich also jemandem so dicht auf den Versen war, würde er es auch früher oder später mitbekommen, aber das kümmert mich nicht. Ich will den Erfolg. Wenn ich der Jenige bin, der den Täter findet, noch bevor die Polizei es schafft, werde ich der begehrteste Journalist dieses Landes sein.

IV

Der Tag verging quälend langsam und ich versuchte mich mit Videospielen abzulenken, aber es klappte nicht. Immer wieder wurde ich von meinen Gegnern abgeschossen, weil ich mit den Gedanken woanders war.

Ich trank bereits meinen fünften Kaffee, lief nervös in meinem Wohnzimmer auf und ab und starrte immer wieder auf die Uhr. Diese verdammte Zeit. Warum konnte sie nicht schneller vergehen?

Nach einer weiteren gefühlten Ewigkeit verließ ich mein Haus und setzte mich in meinem Opel. Ich ließ den Motor an und wartete bis die Scheibe frei war. -3° zeigte das Thermometer. Die Zeit zog sich hin. Meine Ungeduld steigerte sich und ich guckte durch den kleinen Punkt, durch den ich schon die Straße sehen konnte und überlegte, ob ich es schaffen würde, mit dieser Aussicht mein Auto zu bewegen. Ich beschloss jedoch noch ein bisschen zu warten und ging in Gedanken die Autos durch, die ich mir leisten könnte, wenn ich erstmal berühmt bin. Vielleicht einen BMW oder Audi. Irgendwas, wo ich keine Scheiben mehr kratzen musste. Ach was sage ich. Ich habe dann bestimmt einen Fahrer, der sich um alles kümmert. Soll der doch frieren, wofür bezahle ich ihn schließlich?

Mein Weg zum Treffpunkt war nicht weit. Ich bog von meiner Auffahrt auf die Hauptstraße und fuhr in Richtung Bülck. Inzwischen war es kurz nach 16 Uhr und um mich herum wurde es langsam schummrig. Ich fuhr ein Stück an der Küste entlang und genoss den Anblick auf die ruhige See. Ein paar Möwen saßen auf den leichten Wellen und ich fragte mich, wieso die Viecher nicht frieren, obwohl sie ihre nackten Füße ins kalte Wasser halten.

Ein paar Meter weiter ging der Blick über das Meer in einen Knick über. Die Bäume verloren langsam ihre Blätter und es wirkte jetzt alles sehr trist und ungemütlich. An einer kleinen Einbuchtung hielt ich an. Ich war allein. Noch war keiner da. Ich blickte auf die Sträucher und musste an meine Frau Dana denken. Früher sind wir öfter hierher gekommen um Schlehen für unseren selbst gemachten Likör zu pflücken. Wir hatten meist eine ergiebige Ernte und gut ein Jahr später konnten wir uns auf rund 30 Flaschen Schnaps freuen. Irgendwann fingen wir an das Zeug zu verschenken und nachdem unsere Freunde auch nicht mehr dagegen angekommen sind, haben wir unser Hobby aufgegeben.

Ich stieg aus meinem Auto und trat näher an die Büsche heran. Ich pflückte eine Schlehe und drehte sie zwischen Zeigefinger und Daumen. Kurz war ich versucht sie in den Mund zu stecken. Sie würde ungenießbar sein, das wusste ich. Anders als der Likör, der war lecker. Jetzt vermisste ich meinen Schnaps.

In der Dunkelheit sah ich, wie sich zwei Scheinwerfer auf mich zu bewegten. Meine Anspannung war schlagartig zurück.

Es war ein dunkelblauer Audi A3 mit einem satten Klang. Ich schätzte, dass es sich um einen RS handelte, oder wie diese schnellen Dinger sich nannten. Er bremste ab und stellte sich neben meinen alten Opel.

Zu meiner Anspannung gesellte sich jetzt Angst. Es war nur so ein Gefühl, aber meine Zuversicht war jetzt mehr eine Vorahnung darauf, dass es hier vielleicht nicht gut für mich ausgehen könnte.

Das Fenster ging ein kleines Stück runter.

„ Herr Kebeck?". Die Frage kam aus dem dunkeln des Fahrzeuges. Die Stimme hatte etwas Bedrohliches. Am Telefon klang sie zumindest anders. Aber vielleicht habe ich mir das nur eingebildet, immerhin war ich ziemlich aufgeregt.

Sag Nein, vielleicht dreht er wieder um und fährt weg.

„ Ja?!" Antwortete ich knapp.

„ Wir sind verabredet. Ich möchte nicht zuviel Zeit hier verbringen, falls mir jemand gefolgt ist."

„ Am besten setzen wir uns in meinen Wagen, es ist etwas kühl hier draußen", ich versuchte unbesorgt zu klingen.

„Gerne". Er stieg aus seinem Auto aus und als er sich vor mir aufbaute, krampfte sich mein Magen zusammen. Er war fast zwei Meter groß, durchtrainiert und hatte ein hartes kantiges Gesicht. Wieso hat jemand mit seiner Statur Angst vor jemandem? Vielleicht war er der Bodyguard, oder so jemand der ins Bild springt, wenn es ernst wird und hat daher etwas mitbekommen, was mir hilfreich sein konnte. Das ungute Gefühl wurde stärker und auch die Idee, ihn in meinen Wagen zu bitten, kam mir jetzt absurd vor, dennoch musste ich das durchziehen. Ich würde nie etwas erreichen, wenn ich schon so früh die Hosen voll hatte. Ich streckte mich durch, um größer zu wirken und gab ihm die Hand.

Im Auto war es wärmer und um diesen Zustand zu erhalten, startete ich den Motor und ließ ihn laufen.

Einen kurzen Moment schwiegen wir, dann ergriff ich das Wort.

„ Sie haben neue Informationen für mich?"

„ Kommt darauf an, wie viel sie schon wissen?"

„ Nicht viel, ich hoffe auf mehr." Ich lächelte gequält.

Ich holte meine Notizen heraus und klappte diese Seite auf. Als ich wieder hoch sah, blickte mich der Lauf einer Pistole an. Mein Herz fing an schneller zu schlagen, das Adrenalin schoß in meine Blutbahn. Es kam mir unwirklich vor und ich bekam Panik.

„ Machen sie jetzt bitte keinen Fehler." Flehte ich mehr als ich es sagte.

„ Glauben sie mir bitte, ich weiß was ich tue. Es ist nichts persönliches, nur meine Arbeit."

„ Ich bitte Sie, tun sie es nicht." Mir schossen die Tränen in die Augen. Seinem eigenen Tod in den Lauf zu sehen, lässt einen nicht heldenhaft erscheinen und es ist komisch welche Gedanken einem kommen.

„ Sie sind in Ihrer Angelegenheit ein bisschen zu nah an meinen Klienten geraten. Es tut mir leid, es gibt keinen anderen Ausweg."

„ Finden Sie es gut was er tut? Er tötet unschuldige Frauen."

„ Es ist nicht meine Aufgabe das zu beurteilen. Ich mache nur meinen Job." Er wirkte, als würde er es tatsächlich bedauern mich töten zu müssen. "Ich gewähre jedoch jedem meiner Opfer einen letzten Wunsch und möchte auch Ihnen diesen nicht verwähren."

Einen letzten Wunsch. Was wünscht man sich als letztes? Was war mir wichtig? Die Bitte, dass er mich leben lässt, wäre zu einfach und im höchsten Maße unwahrscheinlich. Ich weiß nicht, warum mir folgender Wunsch über die Lippen kam, ich muss nur leider sagen, dass es mit Sicherheit meine letzten Worte, in meinem gerade erst angefangenen Buch sein werden.

„ Ich möchte mir zweierlei Dinge erbitten, wenn sie gestatten? Ich würde zum einen gerne meine letzten Momente noch in dieses Notizbuch nachtragen und möchte sie bitten, dass sie mein Ableben ebenfalls festhalten, dann schicken sie es anonym an meine Frau und zweitens, um Gottes Willen, bitte tun sie ihr nichts."

Das waren mehr als zwei Wünsche. Ich hoffte aber, dass er sie erfüllt.

Steven

I

Nachdem er seine Notizen eingetragen hatte, übergab er mir sein Buch. Es ist sehr merkwürdig, wenn sie jemanden dabei zusehen, wie er seine letzten Worte aufschreibt. Mal liefen ihm Tränen über das Gesicht, dann wieder wirkte er sehr gefasst. Das ganze dauerte ein paar Minuten und ich war kurz davor die Sache abzukürzen, wenn er mir nicht schließlich das Buch in die Hände gedrückt hätte.

Er blickte mir jetzt ganz ruhig in die Augen, hatte scheinbar mit seinem Leben abgeschlossen und akzeptierte es besser, als ich es vermutete. Als er die Waffe sah, konnte ich die Angst noch in seinem Blick ausmachen. Seine letzte bitte, seinen Tod zu beschreiben kam mir seltsam vor, beinahe banal. Ich hatte noch nie einen so merkwürdigen Auftrag erhalten, wie diesen.

Ich habe strenge Grundsätze, was meine Arbeit angeht. Ich biete jedem einen letzten Wunsch an und erfülle diesen auch, so ungewöhnlich er auch sein mag. Den Wunsch weiterzuleben, den gab es nicht, und komischer weise wird darum auch nicht so oft gebeten. Wahrscheinlich wissen meine Opfer, dass es sich nicht lohnt zu fragen.

Unsere Blicke lösten sich nicht voneinander, nicht einmal als ich den Abzug betätigte. Die Kugel schien fast wie im Zeitraffer den Lauf meiner Waffe zu verlassen. Sie überbrückte die kurze Strecke zwischen uns und traf frontal auf seine Stirn. Ich stellte mir vor, wie sich die Haut und die Knochen zur Seite schoben, während sie in seinen Schädel eintrat. Sein Kopf wurde von der Wucht des Aufpralls nach hinten geschleudert und die Seitenscheibe von der austretenden Kugel zerborsten und schlagartig Rot.

Der Anblick, den er jetzt bot, wurde ihm nicht gerecht. Sein Kopf lehnte an dem kaputten Fenster und um ihn herum klebte seine Hirnmasse und Blut. Im Fahrzeug roch es bereits nach Urin und Kot, was normal ist, wenn jemand stirbt und die Muskeln erschlaffen.

Bei meinem ersten Auftrag hätte ich mich fast übergeben, was natürlich nicht so sinnvoll ist, wenn man einen Mord begeht und gleich einen ganzen „Haufen" Spuren hinterlässt, aber mit der Zeit gewöhnt man sich an den Geruch.

Ich legte meine Hand auf sein Gesicht und schloss seine Augen. Zumindest ein bisschen Würde wollte ich ihm gönnen. Ich griff mir sein Buch und verließ das Auto. Draußen atmete ich die kalte Luft ein und befand auch diese als nicht gerade wohlriechend. Am Strand hatte sich scheinbar der gesamte Meeresbestand an toten Algen angesammelt und sorgte für einen widerlichen Gestank.

Ich ging zurück in mein Auto, startete es und machte mich auf den Weg zurück in meine Wohnung. Ich wählte die Nummer meines Auftraggebers und drückte auf anrufen.

„Hallo?" meldete sich die Stimme am anderen Ende.

„Ich bin es, Steven. Auftrag erledigt. Seine Leiche ist in seinem Fahrzeug in Strande. Es steht in einer Parkbucht auf dem Weg zum Leuchtturm"

„Sehr gut. Ich werde mich darum kümmern. Das Geld erhalten sie wie üblich mit dem Kurier. Vielen Dank für Ihre Dienste, bis zum nächsten Mal. Ach und noch etwas, löschen Sie bitte diese Nummer und ihr Gesprächsprotokoll."

„Verstanden."

Ich legte auf und passierte gerade die Abfahrt nach Suchsdorf. Das Notizbuch lag neben mir auf dem Sitz. Ich überlegte, was ich damit machen sollte. Ich hielt an der nächsten Bushaltestelle an und warf das Buch in den Mülleimer, stieg ein und fuhr weiter. Ein paar hundert Meter weiter überlegte ich es mir anders. Ich hatte versprochen, dass ich es aufbewahre und an seine Witwe schicke. Außerdem faszinierte es mich und ich wollte natürlich wissen, was er über

mich und unser Aufeinandertreffen geschrieben
hatte.

Ich drehte um und fischte das Buch aus dem
Mülleimer. Die zwei Jungen, die dort saßen
guckten nicht schlecht, als ich das zweite Mal
anhielt und wieder in den Unrat griff. Ich be-
zweifle allerdings, dass sie es am nächsten Morgen noch wissen würden. Es roch stark nach Ma-
rihuana und die beiden wirkten, trotz des inte-
ressierten Blickes, doch sehr abwesend.

II

Als ich zu Hause ankam, las ich das Notizbuch von Anfang an. Jetzt war ich froh, dass ich es nicht im Mülleimer gelassen hatte.

Kebeck hatte einen Verdacht. Er erwähnte unser Gespräch, sowohl das am Telefon, als auch das im Fahrzeug. Der Verdacht, den er hatte, ging scheinbar gegen meinen Klienten. Er brachte ihn mit den Morden an den Huren in Verbindung und es war gar nicht so weit hergeholt, denn immerhin hatte ich den Auftrag erhalten, ihn zu beseitigen. Mir wurde zwar nicht erzählt, weshalb ich ihn aus dem Weg räumen sollte, es war aber auch nicht nötig. Ich wahre Diskretion und je mehr ich über meine Ziele weiß, desto schlechter könnte es im nach hinein um mich stehen. Ich will ja schließlich nicht der Nächste sein, der in einer Parkbucht in seinem Auto verrottet.

Es ist nicht nur so, dass ich dieses Manuskript, aufbewahre, es ist viel mehr so, dass ich es weiterführe. Ich finde die Idee interessant, was sich daraus ergeben kann. Wenn ich dann irgendwann einmal das zeitliche Segne, vererbe ich es der Polizei und erlange vielleicht noch post Mortem Berühmtheit. Oder falls sie mich vorher Schnappen und ich genügend Informationen zusammengetragen habe, kann ich das Buch vielleicht als Druckmittel benutzen um einen Deal auszuhandeln.

Mein Hauptaugenmerk lag also im Kern der von Herrn Kebeck erfassten Geschichte. Er hatte scheinbar empfindliche Informationen zusammengetragen und vielleicht könnte ich das zu meinem Vorteil nutzen. Er erwähnte seine Frau Dana und bat mich sie zu verschonen und ich hatte nicht vor ihr was zu tun, es sei denn, es wird zu meinem Auftrag. In dem Fall hätte ihm auch sein letzter Wunsch nichts genützt und der war ohnehin sehr unverschämt. Ich biete ihm einen an und der nimmt stattdessen gleich zwei.

Er war mir immer noch ein Rätsel. Warum wollte er, dass ich ihn zu Ende schreiben ließ. So viel stand da ja noch gar nicht drin und dann der Wunsch, dass ich es Dana schicken sollte. Er musste doch in Betracht ziehen, dass es sie fertig machen würde, wenn sie seinen letzten Moment so erfahren würde.

Und wieso verriet er den Namen des Täters nicht zum Schluss seiner Erzählung, es war ja eh um sein Leben geschehen. Andererseits, wurde er auf Grund dieser Informationen getötet und dann würde ich das Buch wahrscheinlich nicht an seine Frau schicken. Vielleicht verrate ich ja am Ende, um wen es sich handelt, wenn ich es denn herausbekomme. Ich wusste nicht, wer die Exekutionen letztendlich in Auftrag gab. Meine

Befehle erhielt ich ausschließlich über einen Mittelsmann.

Ich goss mir einen Whiskey ein und dachte darüber nach, was ich jetzt tun sollte. Der Auftrag war erfüllt. Mehr war nicht zu tun, aber wenn ich meinem Klienten noch die restlichen Informationen beschaffen würde, könnte vielleicht ein Bonus für mich raus springen. Oder ich besorge sie für mich selbst und setzte ihn ein bisschen unter Druck. Das ist zwar nicht die Diskretion, die ich mir selber auferlegt habe, aber es könnte eine Menge dabei herumkommen.

Ich nahm mir vor am nächsten Tag zu Herrn Kebeck nach Hause zu fahren und ein bisschen in seinen Sachen zu stöbern.

Doch plötzlich kam mir ein Gedanke. Ich hatte die Leiche bereits gemeldet, aber was wäre, wenn sie jemand vorher fand? Die Polizei würde natürlich als erstes in Kebecks Haus auftauchen und die Witwe informieren und wahrscheinlich sogar die Wohnung nach Hinweisen durchsuchen, was zum Mord geführt haben könnte. Ich konnte also nicht bis zum nächsten Tag warten. Ich musste sofort dorthin.

Da gab es nur ein Problem. Ich hatte schon die halbe Flasche Scotch im Kopf. Ach was, ich fühlte mich gut. Ich zog mir die Jacke an und machte mich auf den Weg.

III

In dem Moment, wo ich ins Auto steige, bekomme ich doch tatsächlich Angst erwischt zu werden. Unfassbar, ich töte Menschen für Geld und bekomme Angst davor meinen Führerschein zu verlieren, aber die Chance auf das große Geld treibt mich an.

Ich kam bis nach Dänischenhagen ohne große Zwischenfälle. Abends um Halb zehn sind die Straßen nicht mehr so befahren. Die Adresse hatte ich von meinem Auftraggeber, für den Fall, dass mein Ziel nicht auftauchen würde.

Als ich vor der Auffahrt stehen blieb, sah ich das im Haus der Kebecks Licht brannte und dachte sofort an seine Frau, Dana. Ich wollte Sie nicht töten, also musste ich mir was einfallen lassen. Aber was? Womit kann ich sie rauslocken?

Mir fiel auf, dass wenn sie noch zu Hause war, anscheinend noch niemand die Leiche ihres Mannes gefunden hatte, denn sonst wäre sie vermutlich schon in der Pathologie, um ihn zu identifizieren. Das brachte mich auf eine Idee. Ich setzte den Wagen zurück, so dass ich weit genug vom Haus entfernt war und trotzdem noch gut sehen konnte, was passierte. Ich nahm mein Handy in die Hand, unterdrückte die Rufnummer und wählte die Nummer von Mike Kebecks Haustelefon.

„Kebeck, hallo?", hörte ich die Stimme am Telefon.

„Frau Kebeck? Dana Kebeck?" fragte ich.

„Ja. Wer ist da?"

„Mein Name ist Konrad Eisner von der Kieler Kriminalpolizei." Ich ließ das für einen kurzen Moment wirken. "Frau Kebeck, es tut mir leid ihnen mitteilen zu müssen, dass wir die Leiche ihres Mannes gefunden haben. Haben Sie die Möglichkeit aufs Revier zu kommen?"

Ich konnte hören, wie für sie eine Welt zusammenbrach. Sie schluchzte.

„Nein. Das kann nicht sein", ihre tränenerstickte Stimme drang zu mir. „Wir wollten heute Abend... oh Gott. Nein."

Ich hatte doch tatsächlich ein schlechtes Gewissen. Vielleicht sollte ich das auch. Interessant an solchen Nachrichten ist, dass sie alles Andere in den Schatten zu stellen schienen. Ich hörte mein lallen, sie jedoch schien es nicht zu bemerken. Also machte ich weiter.

„Frau Kebeck, es tut mir sehr leid und ich entschuldige mich ebenfalls dafür, dass ich Sie per Telefon darüber informiere. Ich muss Sie dennoch bitten her zu kommen."

„Ich werde kommen." Ich hörte wie sie schniefte und den Hörer auflegte.

Die Lichter im Haus wurden wenige Sekunden später gelöscht und sie stieg, sichtlich angeschlagen, in ihr Auto und fuhr davon.

Jetzt kam es drauf an. Ich hatte nicht viel Zeit. Ich stürzte wortwörtlich aus dem Auto. Der Bordstein ist ganz schön hart, dachte ich, als ich draufknallte. Der Alkohol zeigte seine volle Wirkung, aber aufgeben kam nicht in Frage. Ich raffte mich auf und rannte auf die Haustür zu. Ich versuchte mich umzusehen, ob mich jemand beobachtete, wie ich die Straße entlang rannte, aber es ging alles ein bisschen zu schnell für meine Augen.

Sekunden später stand ich vor der Tür. Ich brauchte nicht lange, um das Schloss zu knacken. Das war eine Übung, die bei mir in Fleisch und Blut übergegangen war und für die ich keine Konzentration benötigte. Ein bisschen links, ein bisschen rechts, ein wenig Gewalt und schon stand ich im Flur der Kebecks.

Das Adrenalin übernahm wieder das Kommando in meiner Blutbahn und ich schaltete meine Taschenlampe am Handy ein.

Wo soll ich anfangen zu suchen? Ich bin Auftragskiller, kein Detektiv. Ich fing im Wohnzimmer an und durchsuchte die Schränke. Jede Schublade zog ich auf, aber es war nichts zu finden. Ich ging weiter ins Schlafzimmer und schaute in die Kommoden die am Bett standen.

Wieder nichts, verdammt. Ich trat an den Fuß
der Treppe und hoffte, dass sich im oberen Geschoss so etwas wie ein Büro befinden würde.
Mittlerweile war gut eine Stunde vergangen und
ich hatte noch nichts brauchbares. Ich schnellte
also die Treppe hinauf und vor mir erstreckte
sich ein Flur mit drei angrenzenden Räumen. Ich
ging durch die erste Tür hinter dem Geländer
und befand mich gleich in seinem Arbeitszim-
mer.

Ich durchsuchte die Regale, fand aber nichts.
Auch der Schreibtisch gab nicht viel her. In der
Ecke stand eine Kommode. Ich öffnete die un-
terste Schublade und wühlte die Hemden durch.
Plötzlich hörte ich ein klicken, und im nächsten
Moment drangen zwei Stimmen zu mir, wäh-
rend die Haustür geöffnet wurde.

„ Ich verstehe das immer noch nicht", hörte
ich die Stimme einer Frau aus dem Erdgeschoss,
„ Mike ist nicht nach Hause gekommen. Ich bekomme einen Anruf von Ihnen und sie sagen mir
er sei tot. Dann sagen sie, dass sie es nicht waren
und trotzdem fehlt von meinem Mann jede
Spur." Jetzt wusste ich, dass es sich um Dana
handeln musste. Ich hatte zu viel Zeit hier ver-
bracht und natürlich war sie mit einem Polizisten
zurückgekehrt. Ich war aber auch zu dämlich.

„ Ich versichere Ihnen, es wird bloß ein Miss-
verständnis sein. Und das Ihr Mann noch nicht

zu Hause ist, wird auch ein Zufall sein. Haben Sie ihn denn schon versucht auf dem Handy zu erreichen?"

„Ja natürlich. Er geht aber nicht ran."

Für eine kurze Zeit herrschte Stille. Ich lauschte angestrengt in die Dunkelheit. Ich versuchte mich nicht zu bewegen. Mir fiel auf, dass die Taschenlampenapp noch angeschaltet war und ich drückte vorsichtig den Ausschalter. Das klicken hörte sich fast wie ein Knall an.

„Warten sie bitte hier." Ich konnte hören, wie die Tür nochmals aufgemacht wurde.

„Was ist denn los?" Dana klang noch besorgter, als vorher schon.

„Hier am Schloss sind Spuren, als wenn jemand versucht hat hier rein zu kommen."

Mir stockte der Atem. Scheiße. Ich fing wieder an in der Schublade zu wühlen. Meine Hände gruben sich tiefer. Ich war jetzt so weit gekommen und wollte nicht aufgeben. Aber ich musste leise sein.

„Frau Kebeck, ich fürchte jemand befindet sich im Haus. Bleiben Sie bitte hier, ich gehe nachsehen."

Jetzt wurde ich richtig nervös. Ich griff beherzt in die letzte noch übrige Schublade und spürte eine Schachtel, zog diese heraus und öffnete den Deckel. Das erste was ich sah, war die Leiche einer Frau, die übelst zugerichtet war.

Bingo. Das musste es sein, wonach ich gesucht hatte. Ich schloss die Schachtel und ging leise in den Flur zurück. Ich trat die Treppe langsam herunter und konnte sehen, dass unten Licht brannte. Ich sah die offene Haustür und stürmte los. Als Dana Kebeck mich die Stufen herunter rennen sah, fing sie an zu schreien und ich rannte sie, auf dem Weg nach draußen, über den Haufen.

„Stopp! Stehen bleiben! Polizei!"

Ich rannte weiter ohne mich umzusehen. Ich hörte einen Schuss, dann noch einen. Der zweite verfehlte mich nur knapp. Ich hörte wie die Kugel an meinem Ohr vorbeizischte. Ich bog um die Ecke und versuchte den Autoschlüssel aus der Tasche zu holen. Ich drückte den Knopf und riss die Tür auf. In diesem Moment fiel mir die Schachtel aus der Hand und der gesamte Inhalt verteilte sich auf dem Bordstein. Ich wühlte in der Dunkelheit auf dem Boden herum. Ich hörte Schritte, die schnell näher kamen. Meine Hände zitterten und ich suchte unter dem Auto weiter und warf alles was ich finden konnte in den Karton. Ich wusste, dass mein Verfolger nicht mehr weit weg sein konnte und warf mich auf den Fahrersitz. Ich ließ den Wagen an, schlug die Tür zu und fuhr los. Im Lichtkegel tauchte plötzlich ein Mann auf und zielte mit einer Waffe auf mich. Ich duckte mich und hielt einfach drauf.

Zu meinem Erstaunen gab die Gestalt aber keine Schüsse ab. Vielleicht ist er zur Seite gesprungen, ich habe ihn auf jeden Fall nicht erwischt.

Ein paar Meter weiter kam ich wieder hoch und gab Gas, um schnell von hier wegzukommen. Ich atmete einmal tief durch und wischte mir den Schweiß von der Stirn.

IV

Um auf die Schnellstraße Richtung Kronshagen zu gelangen, musste man nicht weit durch den Ort. Ich fuhr also noch ein Stück auf der Hauptstraße und bog kurz danach auf die Bundestrasse ab. Die Wärme im Auto und der Rückzug des Adrenalins aus meinem Blut, machte mich etwas schläfrig. Ich glitt auf die Fahrbahn entlang und hatte plötzlich kein so schlechtes Gewissen mehr, dass ich Mike Kebeck erschossen hatte. Immerhin hätte ich auch skrupelloser sein und seine Frau töten können, um an diese Schachtel zu kommen. Er hat zwar gebeten, dass ich sie nicht töte, aber er hat sie dadurch in Gefahr gebracht.

Ich schaute in den Rückspiegel und war schlagartig wieder wach. Ich sah ein Fahrzeug mit blauen Lampen auf dem Dach. Es gab keinen Zweifel, was da hinter mir fuhr. Ich spannte meine Muskeln an und ich hatte das Gefühl, dass mein gesamtes Blut durch Adrenalin ersetzt wurde. Trotzdem hegte ich keinen Zweifel daran, dass mein Alkoholspiegel noch messbar war.

Was tut man in einer solchen Situation? Sollte ich die Geschwindigkeitsbegrenzung peinlich genau einhalten? Oder sollte ich etwas schneller fahren?

Mein „Lehrmeister" hat mir einmal gesagt, nichts ist auffälliger, als zu versuchen unauffällig zu wirken. Ich beschleunigte also ein bisschen und fuhr jetzt zehn Km/h schneller als die zugelassene Höchstgeschwindigkeit.

Eigentlich hätte ich jetzt Abstand gewinnen müssen, aber der Polizeiwagen beschleunigte ebenfalls. Es gab jetzt keinen Zweifel mehr, sie würden mich überholen und kontrollieren. Zuerst würden sie meine Fahne riechen, dann den Test machen und feststellen, dass mein Blutalkohol zu hoch war. Anschließend würde ich die Hände hinter dem Rücken zusammengebunden bekommen und mein Auto würde durchsucht werden. Dabei hätten sie die Schachtel gefunden und mich vermutlich für den Killer gehalten, der seine Trophäen mit sich schleppt. Meine 9mm, die ich im Handschuhfach hatte, hätte dann sicher auch nicht unbedingt für mich gesprochen.

Meine Knarre. Wenn es hart auf hart kommt, würde mir nichts anderes übrig bleiben, als sie zu benutzen. Einen oder zwei Polizisten zu erschießen war zwar das letzte was ich brauchen konnte, aber lieber würde ich dort sterben, als dass ich in den Knast ginge. Zudem würden die Jungs feststellen, dass Kebeck mit dieser Waffe erschossen wurde. Wenn sie mir also die Morde an den Frauen nicht beweisen könnten, würde zumindest der an Mike ein sicherer Weg in den Bau sein.

Ich beugte mich zum Handschuhfach rüber und öffnete es. Ich zog die Zeitung weg, welche die Waffe verbarg und nahm diese heraus. In dem Moment als ich mich wieder aufrichten wollte, blieb ich hängen und verriss leicht das Lenkrad, was zu einem Schlenker führte.

Das war's! Spätestens jetzt hatten sie einen guten Grund mich anzuhalten. Meine Gedanken überschlugen sich.

Wie zur Bestätigung wurde das Blaulicht eingeschaltet. Ich legte den Sicherheitshebel an der 9mm um, so dass ich schnell reagieren konnte. Der Polizeiwagen beschleunigte und setzte zum überholen an. Als sie auf gleicher Höhe waren, sah der Beifahrer nur kurz zu mir herüber. Der Wagen beschleunigte weiter und die Blaulichter verschwanden vor mir in der Dunkelheit.

Ich musste plötzlich husten. Ich hatte gar nicht bemerkt, dass ich den Atem angehalten habe. Aber mit dem Verschwinden des Polizeiwagens, verließ mich auch mein Adrenalin und ich wurde schlagartig wieder müde. Ich bog auf die B76 ab und fuhr ohne weitere Zwischenfälle nach Hause.

Ich parkte ein und schaltete den Audi aus. Erst jetzt bemerkte ich, wie durchgeschwitzt ich war. Mein Hemd klebte an meiner Brust und auch die 9mm lag noch immer entsichert auf meinem Schoß.

Das hätte mir auch noch gefehlt, dass ich mir, nachdem ich alles überstanden habe, noch ne Kugel in die Eier jage.

Ich öffnete die Tür zu meiner Wohnung und ging direkt rein. Als ich am Wohnzimmer vorbei kam, stand noch immer die geöffnete Whiskeyflasche auf dem Tisch. Ich war kurz versucht mich wieder hinzusetzen und noch einen zu trinken, aber bisher hatte mir die erste Hälfte der Flasche schon zu viel Ärger bereitet, da wollte ich es nicht riskieren, die Andere auch noch zu leeren.

Ich ließ sie also stehen und schlenderte die Treppe zu meinem Schlafzimmer hoch. Der Alkohol und die Müdigkeit zerrten Meter für Meter stärker an mir und als ich in mein Bett fiel, schlief ich augenblicklich ein.

V

Als ich am nächsten Morgen die Augen aufschlug, hatte ich das Gefühl, als wenn ich einen toten Hamster auf meiner Zunge liegen hatte. Außerdem hatte ich wahnsinnige Kopfschmerzen. Ich weiß nicht, wann ich das letzte Mal von einer halben Flasche Scotch so einen Kater hatte.

Ich bemerkte, dass ich noch immer meine Kleidung anhatte. Neben mir auf dem Bett lag der Schuhkarton. Ich musste ihn dort fallengelassen haben, denn der Deckel war geöffnet und neben mir breiteten sich ein paar Bilder von nackten Frauen aus, die allesamt blutüberströmt und sichtlich demoliert waren. Ich stellte mir vor, wie ich aussehen musste. Ich liege in den Bildern von misshandelten Frauen in meinem Bett. Es fehlte nur noch, dass ich beim aufwachen meinen Schwanz in der Hand hätte.

Ich machte einen schnellen Satz in die Senkrechte. Zu schnell, denn ich musste mich gleich wieder hinsetzen. Schwindel und Übelkeit überkamen mich und ich konnte es gerade noch verhindern, in den Mülleimer zu kotzen. Aber sitzen war auch ok. Ich blätterte die Zettel und die Bilder durch. Insgesamt waren es 12 Frauenleichen, und haufenweise kurze Notizen. Hauptsächlich Aussagen von Zeugen. Immer wieder tauchte ein Name auf, von dem ich ausging, dass es sich um meinen Klienten handelte. Die Frauen, welche er entführte, waren allesamt Nutten. Die meisten von Ihnen wurden noch nicht einmal von ihren Familien als vermisst gemeldet. Traurig. Dabei fällt mir auf, dass auch mich keiner vermissen würde. Gar nicht traurig.

Mein Vater war ein Säufer und hat mich bei jeder Gelegenheit für alles bestraft, was in seinem Leben schief gelaufen ist und meine Mutter hat weggesehen. Sie kam nur hin und wieder in mein Zimmer, streichelte mir den Kopf und beteuerte, dass er es nicht so meinen würde und uns ja so sehr liebt. Bla bla bla. Ich bin mit 16 abgehauen und habe mein eigenes Leben aufgebaut. Ich habe mich mit kleineren Diebstählen über Wasser gehalten, bis mich ein Mann, der sich selbst Purge nannte, unter seine Fittiche nahm und mir alles beibrachte, was ich heute weiß.

Er ist auch der einzige Auftrag, den ich bis heute bedaure. Er hatte sich über die Zeit zu viel Wissen angeeignet, was dann zwanghaft dazu führte, dass er ein unkalkulierbares Risiko wurde. Mein damaliger Auftraggeber zahlte sehr gut für den Job. Das Geld habe ich jedoch nicht behalten, sondern anonym an seine Tochter geschickt. Eigentlich ganz schön krank, wenn man bedenkt, womit es verdient wurde.

Ich hatte vor, mich rechtzeitig aus dem Staub zu machen und mir einen schönen Platz an der Sonne zu gönnen. Ich hoffte diese Schachtel ist dem Boss genug Wert um mich für Rest meines Lebens auszuzahlen. Nur musste ich dafür mehr wissen, als es Herr Kebeck tat.

Ich stelle mir also die gleiche Frage wie er. Wer war Nummer eins? Das ist tatsächlich schon etwas seltsam. Ich sah mir die Bilder von Jane Doe, so werden unidentifizierte Frauenleichen in Amerika genannt, genauer an. Der Kleidung nach zu urteilen, war sie eine Nutte. Kurzer Rock, Knallroter Lippenstift, Strapse und ein sehr knappes eng anliegendes Top. Das Top. Irgendwas daran war seltsam. Erstmal war es viel zu farbenfroh. Blau, Rot und weiß. Es wirkte fast so, als wäre es eine Berufsbekleidung. Vielleicht hat sie auf einem Schiff gearbeitet oder als Hostess. Huren liefen normalerweise nicht so rum.

Ich sah mir das Top genauer an. Oberhalb der linken Brust waren zwei kleine Löcher zu sehen, so als hätte dort mal ein Namenschild gehangen.

Mein Macbook lag auf dem Nachtisch. Ich klappte es auf und ging auf die Google Startseite. Ich gab „vermisste Personen" als Suchbegriff ein und landete auf personensuchpool.de. Ich schaute mir die Bilder der vermissten Frauen an. Ich scrollte runter und da fand ich etwas. Es war eindeutig die Frau auf dem Foto von Kebeck. Ihr Name war Anita Koscik. Vermisst vor 4 Monaten bei einem Auftrag in Kiel. Sie arbeitete für eine Eventfirma und wurde sowohl von ihrem Chef, als auch von ihrem Mann als vermisst gemeldet.

Jetzt wurd es interessant, meine Neugier war geweckt. Da passte was nicht zusammen. Sie wurde von gleich zwei Menschen als vermisst gemeldet, sogar mit dem Hinweis, dass sie in Kiel verschwand. Ihre Leiche tauchte praktisch direkt neben einer Polizeiwache auf und keiner stellte eine Verbindung her? Wieso hat die Polizei nicht den Ehemann dazugeholt?

Ein Geräusch. Dann noch eins. Bestimmt diese scheiß Katze. Einer dieser letzten Wünsche. *Bitte kümmern sie sich um Struppi*. Jammer, Jammer, Jammer. Ich sollte meine Prinzipien ändern.

Da schon wieder. Was macht die da unten? Guckt sie in die Schränke, ob es da was zu futtern gibt, oder was? Ich werde mal nachsehen.

Daniel

I

Ich schlug mittlerweile das dritte Mal mit der Hand gegen den Küchenschrank. Wo blieb dieser Penner?

Hallo, ich bin hier um dich zu töten! Hättest du die Güte in die Küche zu kommen? Ich musste schmunzeln. Ich wollte das er zu mir kam und nicht ich zu ihm. Dieses versoffene Arschloch schaffte es noch nicht mal den Deckel auf die Whiskeyflasche zu schrauben. Vielleicht schlief er aber auch noch seinen Rausch aus. Ich sollte nach oben gehen und ihm in seinem Bett ne Kugel reinjagen. Die Bilder hatte ich ihm ja schon aufs Kissen gelegt, aber es wäre vielleicht zu viel an die Kollegen durchgesickert und der Boss wäre in Schwierigkeiten geraten. Das konnte ich nicht riskieren. Außerdem ließe sich das Blut in der Küche eh besser wegwischen als im Schlaf- oder Wohnzimmer.

Endlich bewegte sich etwas oberhalb der Treppe.

„Struppi du Scheißvieh!", ertönte es von oben. Er dachte wirklich die Katze öffnet die Türen im Haus. Er torkelte die Stufen herunter und erst als er mich sah, wurde er stocksteif. Er wollte sich gerade umdrehen und die Treppe wieder hoch laufen, als ich ihm eine Kugel in die Wade jagte. Das Geschoss traf ihn genau in den Muskel, er sackte in der Bewegung zusammen und das Blut spritzte auf den Boden. Schade, der schöne Teppich.

„Scheiße", schrie er. „ Was soll das, Daniel?"

„ Was das soll? Ich bin so zu sagen das Backoffice", entgegnete ich „ ich kümmere mich um diejenigen, die ihre Arbeit nicht zu Ende oder nicht korrekt machen."

„ Was? Kebeck ist tot. Das war der Auftrag. Eliminieren! Das habe ich getan."

„ Richtig, Eliminieren. Nicht rumschnüffeln."

„ Ich habe nicht geschnüffelt." Er zog sich langsam die Treppe hoch. „Scheiße tut das weh"

Ich schoss ihm in die Kniescheibe. Es knackte, als diese brach und erneut spritzte das Blut. Wieder auf den Teppich. - Naja *der* könnte dann wohl weg.

„ Hör auf damit", er flehte. Ich hasse es wenn sie das tun. Das Gejaule nervte.

„ Du willst mich verarschen, da stehe ich gar nicht drauf." Ich zielte auf seinen Schwanz. Er hielt sich die Hände zum Schutz davor. Irgendwie witzig, das hätte ihm nichts genutzt. „Du hast dir die Infos aus Kebecks Haus beschafft." Ich ging einen schnellen Schritt in seine Richtung und er jaulte kurz auf. "Lüg mich nicht an!"

" Habe ich nicht!"

" Du rufst bei Dana Kebeck an und gibst dich als Polizist aus und schickst sie dann zu mir auf die Wache. Sie fragt nach Ihrem Mann, der scheinbar ermordet wurde. Ein Kommissar Eisler hat sie angerufen. Sehr lustig. Sie wusste also, dass ihr Mann tot war, noch bevor wir es wussten. Was meinst du, wie lange es gebraucht hat, bis ich raus fand wer dahinter steckt. Außerdem hättest du mich fast über den Haufen gefahren." Seine Augen wurden größer. Jetzt wusste er scheinbar, wen er letzte Nacht vor sich hatte. Ich grinste ihn an.

" Ich wusste ja nicht, dass du es warst. Ich wollte dir nur einen Gefallen tun." Er versuchte mich zu besänftigen.

"Und jetzt verkaufst du mich für blöd." Ich ging langsam auf ihn zu. „ Soll ich den Teppich weiter ruinieren oder möchtest du in die Küche kriechen?"

„ Du krankes Arschl" das war alles, was er noch raus bekam. Danach endete das Gespräch in einem kleinen „püpp". Das Geräusch, das meine Knarre, dank des Schalldämpfers machte, der das nette kleine Geschoss durch seine Schläfe schickte. Gehirnmasse und ein ganzer Schwall von Blut schossen aus seinem Kopf und verteilten sich überall in seinem Wohnzimmer. Was für eine Sauerei. Zum Glück musste ich es nicht wegmachen.

Ich ging in sein Schlafzimmer, packte die Bilder ein und nahm den Karton. Dabei fiel mir dieses Buch in die Hände. Ich las es aufmerksam durch und finde es amüsant. Ich mach mir mal den Spaß und führe es fort.

II

Ich bin Daniel Minning. Kommissar bei der Kieler Kripo und ich bin korrupt. Kann man das so schreiben? Egal. Steven hat sich ja nicht mal vorgestellt, dann kann ich ruhig etwas mehr von mir mit einbringen.

Ich habe diesen Schwachkopf nicht gut gekannt. Er hat hin und wieder etwas für den Boss erledigt. Er war diskret und zuverlässig. Solche Leute waren leider selten und seit heute noch ein bisschen seltener.

Er hat uns Dana Kebeck auf das Revier geschickt, offensichtlich um sie aus dem Haus zu locken. Ich nenne das mal seine „Whiskey-Idee". Immerhin hat er die halbe Flasche getrunken, wie er selber schreibt und hielt das dann für eine gute Idee.

Dana Kebeck erschien um ca. halb elf auf dem Revier. Sie war in Tränen aufgelöst und suchte nach einem Konrad Eisner. So jemanden hatten wir natürlich nicht. Sie wirkte verzweifelt und war am Boden zerstört. Ich geleitete sie in mein Büro, versuchte sie zu beruhigen und bat sie mir zu erzählen, was passiert ist. Ich ahnte ja nicht, welch glückliche Fügung sie in mein Separée führte. Sie erzählte mir über den Anruf von Eisler, der ihr sagte, dass ihr Mann tot sei. Ich wusste ja, dass er an diesem Abend sterben sollte, immerhin war es meine Aufgabe, die tat anschließend jemand anderen in die Schuhe zu schieben, aber dass ich die Bestätigung des Todes zuerst von Steven und nun noch durch die Witwe erhielt, war schon seltsam. Aber dann kam mir die Erleuchtung. Steven hatte sie geschickt. Aber wieso? Weil er in ihr Haus wollte. Aber warum? Die Antwort darauf war relativ schnell gefunden. Ich musste zu den Kebecks nach Hause um festzustellen, ob er irgendetwas finden würde. Es sollte meine Aufgabe sein, nach dem Mord die Beweise, die Mike Kebeck eventuell schon zusammen getragen hatte, zu beseitigen. Jetzt lief ich Gefahr, dass mir Steven zuvorkommt. Mein Honorar basiert auf erfolgen, ich kann es mir also nicht leisten, dass ein kleines Licht wie Steven beim Boss auftaucht und ihm die Informationen verkaufte, die ich vernichten sollte.

Ich beruhigte Dana damit, dass uns keine Leiche bekannt war und bat ihr dann an, sie nach Hause zu bringen. Wir stiegen in unsere Autos, sie in ihren Mazda und ich in meinen BMW und fuhren nach Dänischenhagen.

Als wir an ihrem Haus ankamen, stieg sie bereits aus dem Auto aus und ging in Richtung Haustür. Ich wollte ihr gerade nachgehen, als ich über den Polizeifunk hörte, dass eine Leiche gefunden wurde und eine Einheit in der Nähe bereits unterwegs war. Das war nicht gerade die beste Nachricht. Wenn ich zuerst am Tatort gewesen wäre, hätte ich die Beweisaufnahme noch beeinflussen können. Es sollte so aussehen, als wäre es ein Attentat der Rotlichtszene. Wieso sie sich an ihm rächen würden, war irrelevant, da die Ermittlungen durch mich geleitet, eh eingestellt worden wären. Nun musste ich allerdings die Beweise nachträglich fälschen, das ist zwar nicht ganz so einfach, sollte aber keine größere Herausforderung sein. Ich muss allerdings sagen, dass es für eine so abgelegene Stelle sehr schnell ging, bis die Leiche gefunden wurde. Ich hätte damit erst am nächsten Morgen gerechnet. Laut dem was mir Steven am Telefon vor ein paar Stunden erzählte, lag Herr Kebeck in seinem Auto in einer Parkbucht. Ich beschloss später darüber nachzudenken und stieg aus meinem Auto aus und ging zu Dana.

Sie schloss die Tür auf und wir gingen hinein. Ich bemerkte, dass es an der Tür Einbruchsspuren gab und bat Frau Kebeck im Flur zu warten, damit ich mich umsehen konnte. Während ich in die Küche mit dem angrenzenden Wohnzimmer ging, hörte ich wie Dana einen Schrei absetzte und sah anschließend Steven durch die Tür nach draußen rennen. Ich rannte ein Stück hinterher und gab zwei Warnschüsse ab. Einen in die Richtung in die er lief und einen knapp an seinem Kopf vorbei. Erst wollte ich ihn direkt erschießen, aber es hätte nicht so gut ausgesehen, wenn ich ihm die Rübe wegschieße und anschließend den Karton aufhebe und in meinen Wagen lege. Ich rannte ihm hinterher, vielleicht könnte ich ihn an seinem Auto stellen. Als ich gerade um die Ecke bog, hinter welcher er sein Auto geparkt hatte, fuhr er los. Ich zielte mit der Waffe auf seinen Kopf, entschied mich aber nicht zu schießen. Immerhin wusste ich ja, wo er wohnt. *Morgen bist du fällig*, dachte ich bei mir. Zum Glück gab es noch einen Morgen für mich, immerhin hätte er mich fast überfahren. Ich konnte gerade noch rechtzeitig zur Seite springen.

Ich ging zurück zum Haus von Dana Kebeck.

Ich beschloss ihr nichts von der gefundenen Leiche ihres Mannes zu erzählen, es hätte sehr seltsam gewirkt, wenn er jetzt plötzlich doch ermordet gefunden wurde. Früher oder später, werde ich um diese Geschichte aber nicht herumkommen. Zunächst einmal wollte ich aber wissen, ob Steven etwas gefunden hatte.

„Vermutlich hat der Unbekannte etwas gesucht. Er hat Sie aus Ihrem Haus gelockt, wohl weißlich, dass sie bald wieder zurückkommen würden. Er war auf etwas Bestimmtes aus. Können Sie mir sagen, ob ihr Mann in letzter Zeit an etwas besonderem gearbeitet hat?"

„ Ja hat er. Ich weiß aber leider nicht an was. Er meinte es sei zu gefährlich, wenn ich was davon wüsste."

„ Hat er ein Büro im Haus?"

„ Ja, folgen Sie mir bitte."

Wir gingen die Treppe hoch und bogen gleich danach in den Raum hinter dem Geländer ab. Ein schönes gemütliches Zimmer mit alten Möbeln.

„ Was ist hier passiert?" fragte sie mehr sich selbst als mich.

„ Was meinen Sie?" entgegnete ich.

„ Es ist so unordentlich, die Schubladen sind leicht geöffnet und auch die Regale sind nicht so wie sie sein sollten. Mein Mann ist sehr kleinlich, was Ordnung und Sauberkeit betrifft."

Er hatte also überall gesucht und schließlich auch etwas gefunden. Ich war mir sicher, dass es alles war, was es hier zu finden gab. Ich nahm mir vor seinen Computer später abzuholen, wenn ich mit den Mordermittlungen noch mal auf Dana zukommen würde.

Mir kam ein verrückter Gedanke. Ich könnte Sie als Hauptverdächtige hinstellen. Wäre auf jeden Fall eine Idee wert.

Ich verabschiedete mich und verließ das Haus. Ich wählte die Nummer vom Boss und fragte ihn, was ich mit Steven machen sollte. Seine Aussage war eindeutig. Es gab auf diese Frage nur eine Antwort. Das gleiche was er auch immer sagte, wenn er die Nutten loswerden wollte. *Eliminieren.* Er genoss die Macht und jedes Mal, wenn er dieses Wort aussprach, tat er es etwas zu heroisch. Fast so als würde er versuchen den Schwarzenegger zu kopieren. Ich bestätigte und legte auf.

Am nächsten Morgen fuhr ich zu Steven und was ich da tat, habe ich ja schon beschrieben.

Anschließend nahm ich den Karton und seinen Laptop, ging die Treppe herunter und achtete darauf, dass ich nicht meine Schuhe mit seinem Blut besudelte. Ich hielt kurz inne und starrte auf den Boden. Unter Steven hatte sich ein beachtlicher Blutfleck gebildet und sickerte bereits in den Teppich. Hach, schade um den schönen Teppich. Ich machte noch ein Foto, von seinem Gesicht, für meine Sammlung.

Ich schloss die Haustür und ging auf die Straße. Mein Auto stand ein paar hundert Meter weiter die Straße hinunter. Ich genoss die kalte Morgenluft und atmete sie genüsslich ein. Ich werde die nächsten Tage noch genug zu tun haben, dachte ich mir, da kann ich mir einen kurzen Spaziergang ruhig erlauben.

IV

Ich saß in meinem Keller und blickte an die Wand, von der aus mich die Toten Augen meiner zahlreichen Opfer anstarrten. Von jedem meiner Aufträge mache ich ein Foto und hänge es dazu. Mittlerweile ist eine beachtliche Anzahl an Bildern zusammengekommen. Man könnte es fast schon eine große Kollage nennen. Ich bin unheimlich stolz auf meine Sammlung und finde es sehr schade, dass ich sie niemanden zeigen kann, um damit anzugeben, wie gut ich in meinem Job bin.

Leider beinhaltet die Stellenbeschreibung auch die der Polizeiarbeit. Ohne meinen Job als Kommissar, wäre ich für meinen Boss wertlos, also muss ich auch diesen Teil erfüllen. Wenn es nach mir ginge, würde ich nur noch Bilder machen und den anderen Teil einfach aufgeben. Alle die im Staatsdienst ihren lieben langen Tag verbringen, denken sie seien so schlau. Ich dachte das auch in meinen ersten Jahren als frischgebackener Polizist. All diese Regeln und Vorschriften, die wir einhalten mussten, ließen keine Korruption oder Schlupflöcher zu. Sie sind gut für die Jenigen, die sich daran halten. Theoretisch kann da nichts passieren, es sei denn, man ignoriert diesen ganzen Unsinn und besticht hier ein wenig und bedroht dort ein bisschen. Wenn man dann die richtigen Hebel gezogen hat, kann man alles tun, was man will.

Das ist es, was der Boss an mir und meiner Arbeit so schätzt, deshalb muss ich es wohl oder übel noch etwas länger ertragen, zumindest bis ich pensioniert bin.

Gerade als ich in die Augen von Steven blickte und diesen Vormittag Revue passieren ließ, klingelte mein Telefon.

„ Wer ist da?" Fragte ich.

„ Herr Kommissar, hier spricht Polizeianwärter Köhn."

„ Was gibt es? Ich habe heute meinen freien Tag!"

„ Diese Frau ist wieder hier." Er merkte mir wohl an, dass ich etwas gereizt war denn seine Stimme zitterte etwas.

„ Welche Frau? Reden sie Klartext Mann!"

„ Naja, die Frau Kebeck, die sie gestern nach Hause begleitet haben."

Oh Scheiße, dachte ich, die hatte ich total vergessen. Ich wollte am Morgen noch bei ihr vorbeischauen, um sie über den Tot ihres Mannes aufzuklären, gleich nachdem ich Steven umgelegt hatte. So ist das, wenn man sich mal eine Auszeit gönnt, bevor man den Job komplett erledigt hat. Aber so etwas würde mir nicht noch mal passieren. Zwar hatte ich mittlerweile die Beweise dahingehend geändert, dass es so aussah, als hätte Kebeck eine Nutte geprellt, aber die Witwe hatte ich tatsächlich vergessen.

„ Was will sie?" Ich wusste, was sie will und bei dem Gedanken daran, bekam ich ein mulmiges Gefühl.

„ Sie ist stinksauer. Sie fragt oder vielmehr schreit immer wieder, warum man sie angelogen hat was ihren Mann angeht. Sie verlangt explizit nach Ihnen, Herr Kommissar."

„ Ok, bringen sie sie in mein Büro", ich massierte meine Schläfen. Ich musste mir was einfallen lassen, bis ich im Revier bin. „Geben sie ihr einen Tee oder so was. Ich bin auf dem Weg."

Ich legte auf. Es ärgerte mich, dass ich nicht an diese scheiß Schlampe gedacht habe. Sie würde mir dumme Fragen stellen und mich mit ihrem Geheule nerven. Vielleicht bedanke ich mich bei ihr damit, indem ich sie mal dem Boss vorstelle.

V

Eine viertel Stunde später, erschien ich auf dem Revier. Dana Kebeck saß, wie ich es erwartete, bereits in meinem Büro. Ich war ein bisschen neugierig, weshalb sie erst heute zu uns kam. Ich hätte gedacht, dass sie noch gestern Abend davon erfahren hatte, dass ihr Mann wirklich tot war. Ich hatte Michael Logat damit beauftragt ihr das zu erklären, falls sie hier auftauchen sollte. Vielleicht hatte ich deshalb nicht mehr daran gedacht sie zu besuchen. Ich beschloss nichts mehr dem Zufall überlassen.

„ Ich fühle mich nicht gut, irgendwas ist mir auf den Magen geschlagen." Hatte ich Michael als Vorwand erzählt. Ich musste an diesem Abend immerhin noch ein paar Beweise fälschen. „ Falls Frau Kebeck hier erscheinen sollte, dann sei bitte vorsichtig, wenn du es ihr beibringst. Sie ist ein bisschen verwirrt und aufgewühlt, weil vorhin noch jemand bei ihr eingebrochen ist."

„ Ist gut", sagte Michael. „ Ich kümmere mich darum."

Danach fuhr ich nach Hause. Auf dem Weg nach draußen machte ich noch einen kleinen Umweg in die Pathologie und informierte Dr. Kontz darüber, dass demnächst eine Leiche eintreffen würde und er in seinem Bericht erwähnen sollte, dass der Verstorbene kurz vorher noch Sex hatte. Zusätzlich sollte er noch eine typische Schnittwunde in Form eines Hashtags am rechten Oberarm hinterlassen, was ein Zeichen der Kieler Mafia dafür war, dass jemand seine Schulden nicht bezahlen wollte. Natürlich musste er auch das in seinem Bericht erwähnen und schon könnte sich der Zuständige Kollege die Sache zusammenreimen. Zur Sicherheit hatte ich aber am PC noch den Vermerk eingetragen, dass es sich um einen Mord der Rotlichtszene gehandelt haben könnte, und dass er scheinbar eine Nutte geprellt hatte.

Als ich in mein Auto stieg hatte ich die Tatsache, dass ich am nächsten Morgen zu Dana sollte, noch im Kopf. Irgendwie hatte ich es aber nach dem Besuch bei Steven schon wieder vergessen. Ich wusste auch nicht, dass Michael so übereifrig war, dass er beschloss noch selber am Abend bei Dana vorzufahren.

Natürlich ahnte ich was gleich passieren würde, ich hatte nur noch keine richtige Antwort darauf.

„Hallo Frau Kebeck." Ich versuchte mitfühlend zu klingen. Sie blickte nicht auf.

„Wieso haben Sie gelogen?" fragte sie. Ich konnte ihre Trauer und ihre Wut heraushören.

„Frau Kebeck, es tut mir sehr leid was passiert ist."

„ Einen Scheiß tut es!", jetzt schrie sie! „Sie haben mir gesagt, es sei alles in Ordnung. Meinem Mann würde es schon gut gehen und gestern Abend schicken Sie mir ihren Kollegen vorbei, der mir genau das erzählt, was mir der Typ am Telefon bereits gesagt hat, von dem sie behauptet haben, dass es ihn nicht gibt. Er wusste es und sie nicht? Wollen Sie mich verarschen?"

„ Als dieser Kerl sie anrief, war uns noch keine Leiche bekannt." Das stimmte zwar nicht ganz, aber offiziell war es tatsächlich so.

„ Gestern Abend hat man ihn gefunden, etwa zu der Zeit, als sie bei mir waren. Wollen Sie mir ernsthaft erzählen, sie hätten es eben erst erfahren?"

„ Frau Kebeck, ich bitte Sie. Was für einen Grund sollte ich haben, es Ihnen zu verheimlichen?"

„ Ich weiß es nicht!"

„ Sehen Sie Dana, ich wusste nichts davon, bis mein Kollege mich eben zuhause anrief." Sagte ich beruhigend. „ Darf ich erfahren, weshalb sie erst heute früh hierher gekommen sind?"

„ Ich habe ihm nicht geglaubt. Ich habe ihm die Tür vor der Nase zugeschlagen. Ich war so wütend, weil ich dachte es sei der Kerl vom Telefon, der sich immer noch einen Scherz erlauben wollte. Erst als mein Mann spät nachts immer noch nicht nach Hause kam, begann ich mir extreme Sorgen zu machen. Heute Morgen hörte ich dann im Radio davon, dass eine Leiche in Strande gefunden wurde", sie begann zu schluchzen, „ da wusste ich es. Es hieß, dass erste Erkenntnisse darauf schließen ließen, dass er durch die Hand eines Zuhälters gestorben sei. Er soll da Schulden gehabt haben! Er war kein Freier, er hätte nie etwas mit einer Nutte angefangen."

" Die Belege, die ihr Mann bei seiner Redaktion eingereicht hat, sagen jedoch etwas anderes."

Sie hob langsam ihren Kopf und blickte mir direkt in die Augen. Ihr Gesicht war gezeichnet von ihrer Trauer. Ihr Blick jedoch war finster und ich bemerkte, dass sich ihre Wut in Entschlossenheit verwandelt hatte.

"Woher wollen sie das wissen, wenn sie erst eben über den Tod informiert wurden?"

Oops, verraten. „Ich werde mich darum kümmern. Bitte glauben Sie mir."

„ Tue ich nicht", sagte sie. „Sie reden nur Bullshit! Ich fange eher an zu glauben, dass sie etwas mit der Sache zu tun haben. Ihr Kollege, Herr Köhn sagte, sie hätten die Ermittlungen übernommen, noch bevor die Leiche meines Mannes in der Pathologie angekommen ist und das sie schon eine Idee haben, wer den Mord begangen haben könnte. Das ist doch komisch oder? Bis eben haben sie angeblich noch nichts von der Leiche gewusst und dennoch haben sie gestern, wohl bemerkt in Rekordzeit, ein Motiv geliefert. Woher nehmen Sie eigentlich diese Informationen?" Ich schwieg. So schnell konnte ich mir nichts zusammenreimen. Sie hingegen reimte sehr gut. „Ich werde schon herausfinden, was sie zu vertuschen versuchen!"

Sie stand auf und schritt langsam auf meine Bürotür zu. Ich griff instinktiv an meinen Halfter und holte meine Waffe heraus. Ich richtete sie auf Dana.

„ Was haben sie vor? Wollen sie mich hier in ihrem Büro erschießen?" fragte sie.

Mir kam wieder diese Idee, dass ich Dana alles anhängen konnte. Wahrscheinlich hätte diese Sache keiner vernünftigen Beweisaufnahme standgehalten, und sie würde schnell wieder frei kommen, aber wer sagte denn, dass sie überhaupt ins Gefängnis muss?

„ Frau Kebeck, ich verhafte sie wegen des Mordes an ihren Mann und zwölf weiteren Personen. Drehen sie sich bitte zur Wand und nehmen sie die Hände auf den Rücken."

„ Wie bitte?" Sie starrte auf meine Waffe, dann wieder auf mich. „Das können Sie nicht machen!"

„ Doch kann ich. Und jetzt tun sie was ich gesagt habe." Ich griff ihr an die Schulter um sie umzudrehen. Sie wich mir aus und schubste mich zurück. Ich konnte mich gerade noch fangen und hielt sie an ihrer Bluse fest, was diese mit einem lauten „Ratsch" quittierte. Die linke Seite ihres BHs kam zum Vorschein und blickte nun durch die zerrissene Seite Ihrer Bluse hindurch. Perfekt. Ich machte eine Drehung und schlug ihr mit dem Ellenbogen ins Gesicht. Es knackte und im gleichen Moment schoss Blut aus ihrer Nase. Natürlich genau auf meinen Teppich. Ich musste mich zusammenreißen, sie nicht zu erschießen. Dieses Miststück!

Sie hielt ihre Hände schützend vor ihr Gesicht. Sie konnte nichts sehen, da ihr durch den Bruch der Nase, die Tränen in den Augen standen. Ich warf sie zu Boden und legte ihr meine Handschellen an. Anschließend richtete ich sie auf und verließ mit ihr mein Büro.

Die Kollegen schauten natürlich auf, machten aber ihre Arbeit weiter. Das hier jemand in Handschellen abgeführt wird, kommt nicht besonders selten vor. Sie wehrte sich natürlich.

„ Hilfe! Helfen sie mir doch. Der Kerl will mich umbringen!" schrie sie. Blut lief über ihren Mund und einige Spritzer flogen vor ihr zu Boden.

Ich gab darauf keine Antwort, ich lächelte die Kollegen nur an und diese lächelten zurück. Wie gesagt, das passiert hier ständig.

Ich brachte sie raus auf den Parkplatz, bis hin zu meinem Auto. Dana wehrte sich mit Händen und Füßen, ich hatte jedoch alles unter Kontrolle und stieß sie etwas unsanft auf den Rücksitz. Nur nicht zuviel, überall waren Kameras. Ich kletterte hinter das Lenkrad, startete meinen BMW und fuhr auf die Hauptstraße.

„ Was haben Sie jetzt mit mir vor?" Sie hatte es aufgegeben, sich zu wehren und fing nun wieder an zu weinen. „ reicht es nicht, dass Sie meinen Mann getötet haben? Wieso tun sie das?"

Ich schwieg und setzte meine Fahrt fort. Im ersten Moment war ich noch versucht sie bei meinem Boss abzuliefern, der würde ihr schon zeigen wo es lang geht. Nur warum soll er immer den ganzen Spaß haben? Ich steh zwar nicht auf diesen ganzen Vergewaltigungsscheiß, aber es wird sich sicher etwas anderes finden lassen. Mir würde schon etwas einfallen.

VI

Das zweite Mal an diesem Tag, saß in meinem Keller und starrte wieder auf die Bilder. Ich war mir immer noch nicht sicher, was ich mit Dana machen sollte. Es war ja schließlich nicht geplant sie mitzunehmen. Ich könnte sie einfach umbringen und im Wald entsorgen, so wie die anderen auch. Aber das wäre zu einfach. Ich lehnte mich zurück und blickte in die einzigen Augen hier im Keller, in denen neben meinen, noch Leben war. Dana saß angebunden in der Ecke. Ich konnte die Angst sehen, die jetzt der Kampfeslust gewichen war. Ich kannte diesen Blick, nur sahen die Nutten immer noch ein bisschen ramponierter aus als sie. Alles was Dana hatte war ein leichtes Blau um ihre Augen und ein bisschen Blut unter der Nase. Aber da machte ich mir keine Sorgen, ich würde es schon anpassen, damit ihre Leiche später ins Gesamtbild passte.

Obwohl ich ihr den Mund nicht verbunden hatte, hatte sie kein Wort gesagt. Was schade ist, denn ich hätte es gerne gesehen, wenn sie um Gnade gewinselt hätte.

Es ist ein herrliches Gefühl, wenn man die Macht über Leben und Tot hat. Warum habe ich es nicht schon vor meinem neuen Nebenjob selber gemacht? Es gibt einem den Kick. Wenn ich die Hände um den Hals lege und spüre, wie sie kämpfen, sich winden und letzten Endes doch verlieren. Sie hoffen bestimmt bis zum Schluss, dass ich aufhören und gnädig sein würde, aber wenn das Licht aus den Augen verschwindet und diese dann rot anlaufen, weil die kleinen Äderchen platzen, ist das jedes Mal wieder aufs Neue ein geiles Gefühl. Manchmal jedoch ist es zu einfach, weil sie dann zu schwach sind, um sich zu wehren, Aber allein der Gedanke daran, dass es von mir abhängt, weil ich es beenden könnte, jagt mir einen wohligen Schauer über den Rücken.

Bei Anita war es leider nicht meine Hand, durch welche sie ihr Leben ließ. Die hat der Boss noch selber erledigt. Nicht, dass ihr Bild nicht auch an meiner Wand hängt, aber ich kann mich nicht mit ihrem Tot rühmen. Ich finde es ein bisschen Schade, dass mir diese Gelegenheit genommen wurde, andererseits jedoch, war es auch ein Glücksgriff. Wir hätten sonst vielleicht kein Geschäftsverhältnis. Wahrscheinlicher wäre es, dass er noch die eine oder andere umgebracht hätte und dann wäre ich ihm auf die Spur gekommen und er säße nun im Knast. Immerhin kannte ich im Gegensatz zu ihm, die Dinge auf die wir bei der Polizei ein besonderes Augenmerk legen. Die anderen Hinweise, die sich bei einem Mord nie verhindern lassen, fälsche ich einfach so hin, dass die Ermittlungen ins leere laufen. Es tut gut auf der dunklen Seite der Macht zu stehen. Mehr Spaß und sehr viel mehr Geld.

Natürlich habe ich schon vorher freischaffend einige Aufgaben erledigt, die mir einen kleinen finanziellen Bonus ermöglicht haben. An meiner Wand sind nicht nur Fotos, der Aufträge von meinem jetzigen Boss, also von Huren oder das von Steven. Insgesamt sind es um die fünfunddreißig Bilder. Männer, die ihre Frauen beim Fremdgehen erwischt haben und nun durch die bevorstehende Scheidung alles zu verlieren hätten, oder auch mal einen zahlungsunwilligen Freier oder Junkie für die hiesigen Zuhälter und Drogenbosse. Einer davon war Georg, ein mächtiger Zuhälter und Drogenbaron der sein Geld mit Prostitution, illegaler Prostitution, Waffenverkäufe, Rauschmittel aller Art, eben alles, was einen Guten Bösewicht so ausmacht, verdiente.

Ich bekam ein Ziel, engagierte Purge und der informierte mich, um, wie wir das nannten, die Leiche zu reinigen. Ich habe zwar in der Zeit nie jemanden selbst getötet, aber ich wurde gut bezahlt um die Dinge zu regeln. Irgendwann hatte Georg, den lieben Purge wohl über. Ich meine, wenn man zu viele Dinge wusste, dann war man immer ein Risiko. Steven, Purges damaliger Lehrling und fast so etwas wie sein Sohn, bekam von mir die Aufgabe ihn zu beseitigen. Das war natürlich mehr als die Entsorgung eines Sicherheitsrisikos, es war ein Loyalitätsbeweis. Immerhin hat Purge, mit Bürgerlichen Namen, Thorsten Purga, Steven aufgenommen als er noch fast ein Kind war und auch immer gut für ihn gesorgt. Aber wenn man aus einem kaputten Elternhaus kommt, dann kann man vielleicht eher abschalten und Dinge wie Liebe und Zuneigung ignorieren. Es wird ihm aber sicherlich nicht ganz einfach gefallen sein, ihn umzubringen.

Anschließend änderte sich das Procedere. Georg informierte mich, und ich holte Steven. Das Prinzip blieb das Gleiche, nur die Hackordnung war eine Neue. Natürlich wussten Steven und ich, dass es irgendwann mit Sicherheit uns erwischen würde, da auch wir zu viele Dinge mitbekamen. Wir saßen oft zusammen und haben uns Pläne ausgedacht, wie wir reagieren würden, wenn es uns treffen würde. Ich für meinen Teil hätte Steven ohne mit der Wimper zu zucken geopfert, hab ich ja letztlich auch, aber ich wusste, dass er es ähnlich gemacht hätte.

Einer von uns hätte bestimmt dem Anderen das Licht ausgeknipst und als plötzlich der Kontakt zu Georg abbrach, dachten wir, es wäre bald soweit. Er verschwand einfach. Ich hörte mich in allen offiziellen Kanälen um, ob er untergetaucht sein könnte, weil ihn die Polizei suchen würde, aber es gab keinen Hinweis darauf. Kurze Zeit danach, führte seine Nummer zwei, Hank Kolger, den Laden weiter. Aber nicht im vollem Umfang, er ließ lediglich das Bordell bestehen, den Drogen und Waffenhandel führte er nicht weiter fort, oder zumindest nicht in der Größe, den sein ehemaliger Chef betrieb. Er verkaufte die Drogen nur noch als Zwischenhändler an die kleinen Dealer weiter.

Ein paar Wochen später tauchte Georg wieder auf, und das sogar im wahrsten Sinne des Wortes. Seine Leiche wurde in Eckernförde am Strand angespült. Sein Körper war nicht mehr im besten Zustand, dafür hatten schon zu viele Tiere an ihm rumgenagt. Es war aber auffällig, dass seine Beine nicht mehr komplett waren, also es fehlten die Füße. Ich nehme an, dass man ihm auf die alte Mafia Art ein paar Schuhe aus Beton angefertigt hatte und ihn im Meer entsorgte. Nur wer? Wer hatte soviel Schneid, sich mit dem mächtigsten Drogen und Waffenboss Schleswig-Holsteins anzulegen und dass auch noch unbemerkt?

Natürlich wurden keine großen Ermittlungen gestartet, dafür waren die Dienststellen viel zu dankbar dafür, dass er von der Bildfläche verschwunden war. Ich jedoch, konnte mich damit nicht ganz anfreunden, immerhin war das mein Boss. Hank konnte nicht viel dazu sagen, er wirkte auch nicht sonderlich betroffen. Ich glaubte zwar nicht, dass er seinen Chef zu den Fischen geschickt hatte, aber er wusste zumindest wer es war.

VII

Komischerweise ist es egal, ob man einen legalen oder einen illegalen Job hat, die Reaktion, wenn man ihn verliert, ist meist die Gleiche. Ich saß im Bierkeller, eine kleine Pinte in Kiel und bestellte mir meinen zehnten Whiskey an diesem Abend. Leider hat Eddi, der Kneipenwirt, immer ein Auge auf seine Gäste und wollte mir nicht nachschenken.

„ Geh mal lieber nach Hause Daniel, du hattest genug für heute." Sagte er in einem sanften Ton.

„ Sag du mir nicht was ich tun soll, alter Mann! Ich kann gut auf mich alleine aufpassen." Entgegnete ich.

„ Bitte Daniel, ich bin weiß Gott keine Umsatzbremse, aber es muss auch mal gut sein."

Ich stand auf und packte ihn am Kragen. „ Du schenkst mir jetzt noch einen ein, oder ich vergesse mich!" brüllte ich ihn an.

Was im nächsten Moment passierte, kam sehr überraschend. Er packte mich am Arm, löste meinen Griff und stieß mich nach hinten weg. Ich schlug hart auf den Boden auf und sah kurz Sterne. Ich versuchte mich auf den Bauch zu drehen, um wieder auf die Beine zu kommen, aber da spürte ich schon wie mir die Luft wegblieb. Eddi, ein schmächtiger alter Wirt, dem ich es nicht zutrauen würde eine Bierkiste alleine zu schleppen, hatte mich am Kragen gepackt und zog mich so unsanft nach oben, dass mich meine Krawatte fast erwürgte. Ich konnte es in dem Moment gar nicht fassen, ich bin ein ausgebildeter Nahkämpfer, ich sollte mich eigentlich aus solchen Griffen befreien können, aber ich war machtlos. Ich konnte mich nicht bewegen. Ich sah nur wie die Fliesen unter mir plötzlich immer schneller vorbei sausten und mit einem mal fühlte ich mich schwerelos. Die Fliesen unter mir verschwanden und wichen dem ungemütlichen grau der Pflastersteine. Einen kurzen Moment später krachte ich auf den Gehweg und blieb ein paar Sekunden reglos liegen.

„ Du kannst morgen wiederkommen, aber für heute ist der Laden für dich geschlossen", rief Eddi mir hinterher und knallte die Tür zu. Ich war kurz versucht wieder rein zu gehen und ihm zu zeigen, was ich von dieser Aktion hielt, ließ es dann aber bleiben. Es hätte mir eh nichts genutzt.

Ich raffte mich auf und ging den Weg entlang Richtung Stadtpark. Wenn Eddi kein Geld mehr verdienen möchte, dachte ich mir, dann kann ich es auch jemanden anderes geben. Scheiß auf den Bierkeller. Ich schwankte gerade an ein paar parkenden Autos vorbei, als gegenüber, direkt am Eingang zum Park, ein dicker Mercedes anhielt. Was für eine Bonzenkarre.

Die Fahrertür ging auf und ein schlanker Mann sprang heraus. Er lief eifrig zum Kofferraum und öffnete ihn. Er griff hinein und wühlte herum. Es dauerte einen Moment bis er sich einen großen Plastiksack über die Schulter hievte und einen Schritt zurückging. Ich ahnte, was da gerade passierte und konnte es nicht glauben. Dieser Jemand hatte vor eine Leiche zu entsorgen, direkt vor den Augen eines Polizisten. Ich hätte eingreifen können, aber ich wollte sehen, wohin sich das ganze entwickelt, also hielt ich mich an der Straßenlaterne fest, versuchte ein bisschen in Deckung zu bleiben und sah weiter zu. Er schwankte ein bisschen, als er versuchte den Kofferraumdeckel zu schließen, ließ es dann aber bleiben. Ich weiß aus eigener Erfahrung, dass es nicht leicht ist eine Leiche zu tragen. Er ging in den Park hinein und als er außer Sichtweite war, lief ich schnell über die Straße. Ich schaute mich um, ob es noch andere Zeugen gab, aber ich konnte niemanden sehen. Ich fühlte mich sofort nüchtern, ich war wie unter Strom. Ich ging vorsichtig den Weg entlang und hörte schon bald ein paar Meter weiter das Knistern des Plastiks, in dem die Leiche eingewickelt war. Ich versteckte mich hinter einem Baum und konnte den Schatten des Mannes sehen. Er beschäftigte sich recht lange mit der Leiche und erhob sich schließlich. Ich sah, dass er den Sack unter seinen Arm geklemmt hatte, er musste also die Leiche ausgepackt haben.

Plötzlich kam er schnellen Schrittes auf mich zu und ich duckte mich. Ich hielt die Luft an, damit ich mich nicht durch Atemgeräusche verraten würde. Es war Still. Er ging weiter und sah sich dabei hektisch um. Keine zwei Meter neben meinem Versteck, hielt er kurz inne und starrte in meine Richtung, in die Dunkelheit hinein. Ich hoffte, dass er mich nicht sehen würde. Meine Lungen schrieen nach Sauerstoff und vor meinen Augen explodierten Sterne. Ich würde es nicht mehr lange aushalten.

Plötzlich rannte er los. Er musste etwas gehört haben und beeilte sich jetzt zu seinem Wagen zu kommen.

Ich öffnete meinen Mund, sog gierig Luft in meine Lungen und hörte wie der Wagen gestartet wurde. Ich schnellte aus meinem Versteck und rannte ebenfalls zur Straße. Als ich um die Ecke bog, sah ich nur noch die Rücklichter des Mercedes.

Ich überlegte kurz was ich machen sollte. Ruf ich die Kollegen und melde den Fall? Ich entschloss mich dagegen. Wer so einen Wagen fährt, der hatte bestimmt viel auf dem Konto. Mal sehen, was sich da machen lässt. Die Gelegenheit klopfte an.

Auf dem Weg zurück zur Leiche bemerkte ich, dass es sehr nahe am örtlichen Polizeirevier lag. Es war zwar nicht mein Bezirk, aber wenn ich so etwas zu entsorgen hätte, dann würde ich es nicht unbedingt hier machen. Es waren gerade mal geschätzte fünfzig Meter bis zum Ablageort. Es war direkt am Wegesrand unter einer Laterne, also so, dass der erste Fußgänger der hier vorbeigekommen wäre, sie sofort entdeckt hätte. Ich kniete mich hin und sah sie mir an. Es war eine junge, brünette Frau mit osteuropäischen Gesichtszügen. Vielleicht Tschechin oder Russin. Sie trug ein sehr eng anliegendes Top in Rot, Blau und Weiß. Auch ihre Lippen zierte ein schönes Rot, es sah so aus, als hätte sie es eben noch aufgetragen. Sie hatte einen kurzen Rock an, worunter sie jedoch keine Unterwäsche trug. Sie war an den Beinen und auch dazwischen rasiert, also schien sie sich zu pflegen. Ich ging davon aus, dass es keine beliebige billige Nutte war. Ihre Strapse waren ein bisschen zerrissen und hatten Laufmaschen. Schuhe hatte sie keine an, vermutlich lagen die noch in dem Benz. Allem Anschein nach wurde sie erdrosselt und vorher noch vergewaltigt, dass könnte später der Gerichtsmediziner feststellen.

Über ihrer rechten Brust hing so etwas wie ein Namenschild. Es war mit Blut beschmiert. Ich wischte es ab und konnte den Namen erkennen und darunter auch das Logo der Firma, für die sie gearbeitet hatte. Anita Koscik, Amerika-Events.

Ich machte es vorsichtig ab und steckte es ein.

Plötzlich durchbrach ein Geräusch die Stille um mich herum. Es waren Schritte, schnelle Schritte. Im ersten Augenblick war ich versucht dort zu bleiben, immerhin bin ich Polizist. Es hätte aber nicht wirklich professionell gewirkt, wenn ich so getan hätte, als wenn ich die Leiche untersuche und nach Alkohol rieche. Das hier hätte unweigerlich zu einem großen Aufruhr geführt und ich hätte mich anschließend nicht mehr so einfach aus dem Staub machen können. Wie sollte ich das auch erklären? Die Schritte wurden lauter, kamen also näher. Spätestens jetzt musste ich mich sputen, um hier weg zu kommen. Ich stand auf und rannte in Richtung Straße zurück. Als ich den Park verließ, bog ich nach links ab. Wieder in Richtung der Kneipe aus der ich gerade rausgeflogen war und ging bis zur nächsten Bushaltestelle. Ich holte mein Handy aus der Tasche und rief mir ein Taxi.

VIII

Als ich am nächsten Morgen erwachte, tat mir beinahe alles weh. Meine Schulter, auf der ich gelandet bin, hatte schon eine schöne blaue Farbe und meine Kopfschmerzen kamen wohl von meinem Sturz vom Hocker und nicht etwa von den zehn Whiskeys.

Whiskeys! Kneipe! Leiche! Die tote Frau! Ich musste ins Büro. Anita wurde letzte Nacht gefunden und sie lag bestimmt schon in der Pathologie. Es war schon 9 Uhr. Hoffentlich würde ich nicht zu spät erscheinen. Ich ignorierte meine Schmerzen und zog mich hastig an. Das Badezimmer ließ ich links liegen, schnappte mir meine Autoschlüssel und eilte zu meinem BMW. Ich musste mich beeilen. Zum Glück gibt es Kaugummis, die das Zähneputzen für mich erledigen konnten.

Jede rote Ampel, an der ich anhalten musste, bekam meine Ungeduld zu hören. Ich fluchte und schrie. Hätte ich kein ESP oder ABS in meinem Auto, müsste ich wohl neue Reifen kaufen. Ich knallte die Gänge nur so rein, fuhr jedes mal mit Vollgas an und bremste erst im letzten Moment. Auf der Schnellstraße, die heute ihren Namen nicht verdiente, wurde es nicht besser. Diese Schnarchlappen! Warum müssen die alle ausgerechnet heute unterwegs sein? Als wenn ich nicht schon angepisst genug war, versuchte jetzt auch noch so ein Oberlehrer vor mir, klar zu demonstrieren, wie schnell man hier fahren darf. Immer, wenn sich eine Lücke auf der rechten Seite der Fahrbahn auftat, beschleunigte er kurz und wenn dann wieder ein Auto neben uns war, dann bremste er ab. Ich notierte mir sein Kennzeichen. Sollte er mir diese Gelegenheit versauen, dann statte ich ihm einen Besuch ab. Dann hätte es sich ausgeoberlehrert!

Ich schaltete mein Blaulicht ein und schon wurde die Spur frei. Das ist zwar nicht legal, aber er wird sich wohl kaum beschweren. Als ich an ihm vorbeifuhr, warf ich ihm einen sehr bösen Blick zu. Er wird es nur leider nicht bemerkt haben, da er stur nach vorne sah, wohlmöglich um mich zu ignorieren und in der Hoffnung, dass ich ihn deshalb nicht anhalten würde. Ich nenne das die „Karl-Kojote-Taktik", weil der Kojote in der Zeichentrickserie, wenn er über einen Abhang läuft, immer erst dann nach unten fällt, wenn er bemerkt, dass unter ihm kein fester Boden mehr ist.

Jetzt konnte ich Vollgas geben und das musste ich auch, immerhin wollte ich *meinen* Gerichtsmediziner an die Leiche lassen und nicht diesen überkorrekten Idioten. Aber wahrscheinlich war es eh schon zu spät.

Kurz bevor ich in die Zugangsstraße zum Revier einbog, schaltete ich das Blaulicht wieder aus. Ich hielt auf meinem Parkplatz, holte mein Handy aus der Tasche und wählte die Nummer von Dr. Florian Kontz.

„ Gerichtsmedizin, Dr. Florian Kontz", meldete er sich.

„ Hallo", sagte ich knapp. Ich ging davon aus, dass er mich schon an meiner Nummer erkannt hat.

„ Herr Kommissar, was kann ich für sie tun?"

„ Sind Sie im Dienst?"

„ Ja, noch etwa eine Stunde."

„ Ist bei Ihnen letzte Nacht eine weibliche Leiche eingetroffen?"

„ Ja und Nein."

„ Was soll das heißen? Ist eine angekommen oder nicht?"

„ Mit ja meine ich, es ist eine Frau hier, mit nein meine ich, dass nicht ich die Obduktion durchführe, sondern der Kollege Herr Dr. Eisenhauer."

Na Klasse, der Oberarsch.

„ Wer leitet die Ermittlungen in diesem Fall?" Fragte ich.

„ Johann Schmid, Herr Kommissar."

Das war gut für mich. Er ist Anwärter, es würde also ein leichtes sein, ihm den Fall zu entziehen. Jetzt war ich ein bisschen erleichtert.

„ Gut", sagte ich, „ ihr Feierabend ist abgesagt. Sie warten auf mich." Ich legte auf und stieg aus meinem Wagen. Ich ging durch den Eingangsbereich in Richtung Fahrstühle. Natürlich hätte ich gleich in den Keller fahren können, aber das wäre untypisch gewesen. Ich fuhr also in den zweiten Stock und begab mich direkt zum Büro von Johann Schmied.

Ich klopfte an.

„ Herein", kam es von drinnen, ich trat ein.

„ Guten Morgen Herr Kommissar", sagte er.

„ Guten Morgen, Herr Schmied. Wie ich hörte haben wir einen Fall?" Fragte ich.

„ Ja, offensichtlich eine Prostituierte. Sie wurde letzte Nacht im Wald, fast direkt neben der Eichhof-Wache gefunden. Ein Jogger hat sie uns gemeldet. Er war sehr ängstlich, da er jemanden gesehen hatte, der kurz bevor der den Tatort erreichte, weggelaufen sei. Sie liegt unten in der Pathologie. Herr Dr. Eisenhauer obduziert sie gerade."

„ Haben Sie was dagegen, wenn ich mich der Sache annehme?"

„ Nein, überhaupt nicht, Herr Kommissar. Ich würde es sogar sehr begrüßen, wenn Sie mich bei der Sache unterstützen."

„ Sie haben mich leider missverstanden, Herr Schmied. Ich werde mich der Sache annehmen, sie werden also bei Bedarf mich unterstützen."

Er schwieg einen kurzen Moment und sah mich dann an.

„In Ordnung, verstanden. Ich bringe Ihnen die Unterlagen in Ihr Büro."

Ohne ein weiteres Wort drehte ich mich um und ging in Richtung Fahrstuhl. Ich stieg ein und drückte den Knopf, um in die Gerichtsmedizin zu kommen, welche im Keller untergebracht war. Die Tür öffnete sich wieder und ich trat in den hell beleuchteten Flur. Der Geruch hier unten erinnerte stark an ein Krankenhaus. Desinfektionsmittel und Chlor.

Die erste Hürde war geschafft, jetzt musste ich es nur noch hinbekommen, das Problem mit dem Gerichtsmediziner in den Griff zu bekommen. Ich habe zwar das Recht mir als Ermittler denjenigen auszusuchen, welcher an meinen Opfern rumschnippeln soll, aber im Nachhinein daran etwas zu ändern, war schon schwieriger. Aber dank der jährlich stattfindenden Weihnachtsfeier, hatte ich ein kleines Druckmittel. Ich war zwar kein großer Fan von diesen Smartphones, aber in diesem Fall war ich sehr dankbar, dass es sie gab.

Normalerweise nimmt Dr. Marc Eisenhauer nicht an Betriebsfeiern teil, ihm ist das Zusammenkommen unter Kollegen einfach zu wieder. Offiziell war er natürlich immer gesundheitsbedingt abwesend. Aber letztes Jahr, so wie der Zufall es wollte, gab es einen Doppelmord in einer Dönerbude, der bis heute ungeklärt ist, was nebenbei bemerkt, nicht mein verschulden ist. Dadurch musste er leider zum Dienst erscheinen. Er hatte den ganzen Tag lang zu tun und schaffte es nicht sich nach Hause zu verdrücken.

Natürlich konnte er sich nicht mit uns auf eine Stufe stellen, deshalb bestellte er im Restaurant einen irrsinnig teuren Wein, bei dem er mit jedem Schluck das Gesicht verzog. Er schien ihm also nicht zu schmecken, aber ihn stehen zu lassen, dafür war er wiederum zu geizig. Ich saß rechts neben ihm und genoss das Schauspiel. Als er seine kleine Karaffe geleert hatte, war ich so frei, für ihn eine neue zu bestellen, diesmal jedoch eine Flasche.

Kein Danke, nichts. Arschloch! Dachte ich.

Er ignorierte mich und trank sehr langsam und gemächlich. Ich hatte so was mal bei einer Dokumentation gesehen, dass es Weinkenner gerne so machen, dass sie den Wein erst durch die Lippen saugen und ihn anschließend zerkauen. Dadurch kommt das Aroma besser zur Geltung. Wein kauen? Was stimmt bloß nicht mit diesen Leuten? Marc wollte also die Aromen herauskauen, die ihm ohnehin nicht schmeckten, nur um uns unbedeutenden Gestalten zu zeigen, was er für ein Toller ist? Was für ein überhebliches Arschloch!

Im Laufe des Abends begannen einige Kollegen sich, bedingt durch den Alkohol, ein bisschen aufzulockern und wurden etwas freizügiger. Der Eine oder Andere versuchte die Eine oder Andere anzugraben und da kam mir eine Idee.

Ich ging noch mal zum Revier zurück, um mir aus der Asservatenhalle ein bisschen Meth zu holen. Der Hüter der Relikte, so nannten wir Walter, den Chef der Asservaten, war schon so betrunken, dass er mir seinen Schlüssel, ohne großes nachbohren raus gab. Er hatte eine der Kolleginnen auf dem Schoß, die man mit ruhigen Gewissen, als die Dienstmatratze bezeichnen konnte und war gerade dabei seine Hand unter ihre Bluse zu schieben.

„Was wills su mit dem Schlüssl?" lallte er.

„Erinnerst du dich an den Lustmord im Swingerclub vor ein paar Jahren?"

Er hielt kurz inne und schaute mich fragend an, dann verstand er und lächelte mir zu.

„Du brauchst Spielzeug oder? Du bist mein Mann, Ghettofaust!"

Er zog seine Hand aus der Bluse und streckte mir seine Faust entgegen. Ich erwiderte seine Geste und nahm den Schlüssel an mich.

Eine halbe Stunde später traf ich wieder auf der Feier ein und die Stimmung hatte einen neuen Höhepunkt erreicht. Andreas, ein Kollege von der Verkehrspolizei, tanzte mit nacktem Oberkörper auf einem der Tische und grölte die dümmsten aller Partylieder. Der Rest stand um den Tisch herum und klatschten mehr oder weniger im Takt mit und feuerten ihn an. Walter konnte ich nicht mehr ausmachen, er war wahrscheinlich schon dabei Anna zu vögeln. Es war also nicht ratsam jetzt aufs Klo zu gehen.

Marc saß mit seinem Weinglas mittlerweile am Tresen, der etwas Abseits vom geschehen war und nuckelte immer noch an seinem ersten Glas. Ich konnte sehen, dass die Flasche nicht besonders leer war. Ich setzte mich in seine Nähe und bestellte mir einen Whiskey.

Als er sich umdrehte um in die Richtung zu sehen, wo sich die Kollegen daneben benahmen, beugte ich mich rüber und kippte ihm das Meth in sein Glas, welches ich aus dem Revier besorgt hatte.

„Geile Party, oder?" Ich konnte es mir nicht verkneifen, ihn ein bisschen zu piesacken.

„Und so was soll uns beschützen? Asoziales Säuferpack!" er dreht sich zu mir und nahm sein Weinglas in die Hand. Er schwenkte die dunkelrote Flüssigkeit ein bisschen im Glas, hob es hoch, aber nicht um mir zuzuprosten, sondern um den leichten Film zu bewundern, den sein Schwung hinterließ. Er führte es zum Mund und nahm einen kurzen Schluck. Komischerweise stellte er es diesmal nicht wieder auf den Tresen zurück, sondern nahm noch einen größeren Schluck und schenkte sich anschließend nach. Na Klasse, jetzt hatte ich ihm auch noch einen gefallen getan. Der Wein schien jetzt zu schmecken.

Nachdem er in kürzester Zeit sein viertes Glas geleert hatte, sah er auf und starrte mich an. Erst dachte ich, er will mir was sagen, doch dann erhob er sich und ging wortlos hinaus, in Richtung Toiletten. Ich stand ebenfalls auf und blieb dicht hinter ihm, ich wollte es nicht riskieren, dass er das Lokal verlässt. Er stieß die Tür zum Herrenklo auf und blieb im Türrahmen stehen. Dann machte er einen großen Schritt nach vorne und ging zu einem der Stehpinkelbecken. Auf dem Boden davor lag Walter auf dem Rücken und Anna saß auf ihm. Sie waren so in Ekstase, dass sie sich weder von Marc noch von mir gestört fühlten.

„Habt ihr kein Zuhause?" Dr. Eisenhauer drehte seinen Kopf zu den beiden und ich konnte sehen, dass er sichtlich angeschossen war. Der Alkohol und das Methamphetamin zeigten ihre Wirkung.

Die beiden Rammler ließen sich nicht beeindrucken, ganz im Gegenteil, Anna erhob sich, ließ Walter aus sich gleiten und ging auf Marc zu. Sie legte ihre Hand auf seine Schulter und drehte ihn zu sich. Dann zog sie ihn langsam mit zurück. Sie setzte sich wieder auf den Penis von Walter und nahm gleichzeitig den von Marc in den Mund. Unfassbar, was ich für ein Glück hatte. Vor mir spielte sich eine Szenerie ab, die ich mir nicht besser hätte wünschen können und ich hatte eine Kamera dabei. Ich stand bis jetzt noch in der Tür und mir wurde bewusst, wie schnell sich dieser Moment wieder erledigt haben könnte, also trat ich ein und schloss die Tür hinter mir ab. Ich wollte keine Störung riskieren. Anschließend holte ich mein Handy aus der Tasche und machte ein paar Fotos und Videos. Jetzt habe ich euch drei sprichwörtlich in meiner Hand, schoss es mir durch den Kopf.

Es dauerte nicht sehr lange, da ergoss sich Herr Eisenhauer mit einem lauten Stöhnen in den Mund von Anna. Sie schluckte es komplett, was ich jetzt wieder sehr eklig fand.

„Schade, ich hatte noch auf ein bisschen mehr gehofft." Sie lächelte ihn von unten aus an und sah dann zu mir herüber. Ich hob die Hände nach oben und schüttelte den Kopf, während sich Marc die Hose hochzog und den Reißverschluss zuzog.

„Schlampe", stieß Eisenhauer noch heraus, bevor er die Toilette verließ. Mich schien er gar nicht zu bemerken. Dafür kam Anna bereits auf mich zugewackelt. Ich war erst versucht mich umzudrehen, um den gleich Weg zu nehmen wie Marc, entschied mich dann aber dagegen. Ich hatte was ich brauchte und außerdem hatte ich einen riesigen Ständer bekommen von der Aktion. Warum sollte ich also nicht auch ein bisschen feiern. Sie öffnete meine Hose, ich rollte ein Kondom über und ließ es einfach geschehen. Ich beschreibe hier keine weiteren Einzelheiten, ich sage nur, dass ich es weiter als Marc geschafft habe und was dann abging, stellte den besten Porno in den Schatten. Aber ein Gentleman genießt und schweigt.

IX

Dr. Eisenhauer saß in seinem Labor und tippte gerade die Notizen zum aktuellen Fall in den Computer, als ich zur Tür herein kam. Dieses arrogante Arschloch schaute nicht einmal auf, als ich mich seinem Schreibtisch näherte, seine ganze Aufmerksamkeit galt dem Bildschirm.

„Guten Morgen Dr. Eisenhauer", sagte ich.

Er gab keine Antwort, nicht einmal ein nicken hatte er für mich übrig. In mir brodelte die Wut auf, aber ich wollte ihm nicht die Genugtuung geben, das zu bemerken. Ich setzte mich ganz ruhig auf den Stuhl gegenüber von ihm und blickte ihn über seinen Bildschirm hinweg so an, dass seine Augen in ein paar Sekunden meine kreuzen würden. Ich packte mein freundlichstes lächeln aus, griff nach vorne und zog den Stecker raus. Ich sah, wie das Licht, welches sich in seiner Brille spiegelte, schlagartig ausging. Sein Kopf erhob sich auf die erwartete Position und seine kalten, überheblichen Augen sahen direkt in meine. Jetzt hatte ich wohl seine Aufmerksamkeit.

„Sehr erwachsen, Herr Minning", er sprach in dieser typischen lehrerhaften Art, während er seine Brille abnahm und sich einen Bügel auf die Lippen setzte.

„ Ja, danke." Ich griff in meine Hosentasche, holte mein Handy heraus und öffnete den Fotoordner.

„ Ich habe leider keine Zeit für Ihre Spielchen. Wenn sie also bitte so nett wären, mir meinen Bildschirm wieder anzuschalten?"

„ Einen kleinen Moment bitte." Ich wühlte weiter meine Ordner durch. Hier müssen sie doch irgendwo sein, diese verdammten Bilder. „Ich werde ihnen gleich einen Techniker schicken, der sich um diesen defekt kümmern wird", da, jetzt hatte ich sie gefunden, „ bis dahin aber, möchte ich, dass sie sich etwas anschauen."

„ Und sie meinen, dass ich nach ihrer tollen Aktion hier, noch Lust dazu habe, mir etwas von ihnen anzuschauen?"

„ Ich glaube das hier wird sie interessieren."

„ Ich kann mir nicht vorstellen, dass sie etwas von Interesse für mich hätten." Er war sich seiner Sache sehr sicher. Ich öffnete eines der Bilder auf meinem IPhone und hielt es ihm vor die Nase. Er wurde schlagartig kreidebleich. Sein Blick ruhte ungläubig auf meinem Telefon. „ Was zum Teufel ist das? Woher haben sie das?"

„ Hören Sie", ich richtete mich auf um ihm meine Entschlossenheit zu demonstrieren, „ das was sie hier sehen, bedeutet folgendes: Sie werden den Fall, welchen sie gerade bearbeiten, an den Kollegen Dr. Kontz übergeben. Anschließend werden Sie all ihre Notizen löschen und nie wieder darüber sprechen." Ich öffnete das Video, in dem er gerade abspritze. „Tun sie es doch, na ja, ich muss es bestimmt nicht erwähnen oder? Ihre Frau wird auf jeden Fall nicht sehr begeistert sein."

„ Warum tun sie das?"

„ Ich habe meine Gründe." Ich lehnte mich auf dem Stuhl etwas zurück und setzte wieder mein lächeln auf. Ich konnte spüren, wie sich die Angst und die Wut in ihm aufstaute. Ich weiß gar nicht, warum ich das nicht schon früher gemacht habe.

„ Ich brauche dafür meinen Computer." Kalter Schweiß trat auf seine Stirn.

Ich stöpselte das Kabel wieder ein und wartete bis Marc die Daten auf einen Stick gespielt hatte und mir diesen mit zitternder Hand über den Schreibtisch reichte.

„ Vielen Dank. Bitte denken sie daran, die Daten auf ihrem PC zu löschen. Einen angenehmen Tag noch." Ich verließ das Büro und trat wieder in den Gang zurück. Ich hörte durch die geschlossene Tür, wie er sich in seinen Mülleimer übergeben musste und konnte mir ein Grinsen nicht verkneifen.

Zwischen den beiden Büros der Herren Doktoren war der Raum in welchem die Obduktionen durchgeführt werden. Ich ging also in den

Leichenschauraum und sah auch schon Dr. Kontz am Tisch stehen. Vor ihm lag die Leiche von Anita.

„ Einen wunderschönen guten Morgen", sagte ich.

„ Was sind sie denn so gut gelaunt?"

„ Sagen wir einfach, dass ich bisher einen sehr guten Tag hatte. Ich rate ihnen, dass nicht zu versauen."

„ Wie kann ich ihnen denn helfen?"

„ Ich möchte, dass sie diese Leiche hier untersuchen." Ich zeigte auf die Frau.

„ Wieso? Herr Dr. Eisenhauer hat das doch schon erledigt. Warum soll ich noch mal die gleiche Arbeit an der Frau verrichten, wie Marc?"

Ich musste lächeln. Wir hatten in diesem Punkt doch etwas gemeinsam.

„ Weil ich es so will." Ich blickte ihm finster in die Augen. „ Ich möchte, dass diese Frau unidentifiziert bleibt. Außerdem werden alle Spuren vom Täter verschwinden, kein Sperma, keine DNA, nichts! Die Leiche wird noch heute verbrannt! Verstanden?"

„ Ja." Die Antwort war knapp.

„ In Ordnung. Rufen sie mich an, wenn sie ihre Aufgabe erledigt haben."

„ Was soll ich denn Marc erzählen, weshalb wir sie so schnell loswerden mussten?"

„ Lassen sie ihren Kollegen meine Sorge sein, machen sie nur das, was ich ihnen sage!"

Ich saß wieder in meinem Büro und schaltete den Computer ein. Während er hochfuhr, dachte ich noch mal über die ganze Sache nach. Mir fehlte jetzt der entscheidende Baustein. Wer war der Killer? Ich hatte alles was ich brauchte, nur niemanden, den ich damit unter Druck setzen konnte.

Ich starrte ungeduldig auf den Bildschirm und fluchte innerlich über die schlechte Ausrüstung, mit der wir hier arbeiten mussten.

Schließlich war es geschafft, mein PC war startklar. Ich nahm den USB Stick und steckte ihn in den Slot. Augenblicklich öffnete sich ein Fenster, in dem ich auswählen musste, ob ich den Ordner öffnen möchte oder nicht. Ich klickte auf „JA". Das Dokument wurde geöffnet.

Eintrag Dr. Marc Eisenhauer; 04.06.2013 1.30 Uhr

Leiche weiblich; 1,76 M Größe; Alter ca. 25 Jahre; Weiß; Osteuropäische Gesichtszüge; Tot durch Erstickung. Eintritt des Todes um ca. 22 Uhr am 03.06.2013. Unidentifiziert

Die Leiche trägt eine Bekleidung in den Farben Rot, Blau, Weiß. (Aufreizend)

Sie wurde kurz vor Ihrem Tot, sowohl vaginal, als auch Anal penetriert. Hinweise auf eine Vergewaltigung können ausgeschlossen werden, da dieses ohne Verletzungen der Geschlechtsorgane geschehen ist.. (Einvernehmlich)

Sowohl die Schnittverletzungen als auch die Hämatome wurden vor dem Ableben hinzugefügt. Der tot trat durch ersticken ein. Spermaspuren konnten noch nicht gefunden werden. Unter den Fingernägeln dafür aber Spuren von Haar- und Hautpartikeln. Diese werden heute Mittag, 04.06.2013, an das Labor zur Untersuchung übergeben.

Die Blutuntersuchung ergab einen hohen Anteil von Alkohol und Drogen. Keine inneren Verletzungen.

Heute Mittag sollten die Spuren ins Labor gehen. Zum Glück konnte ich das gerade noch stoppen. Leider hatte ich nichts gegen die Kollegen aus der Forensik in der Hand und die würden ganz sicher einen Bericht verfassen. Dann hätte ich zwar vielleicht einen Namen vom Täter, aber der würde mir dann nicht mehr viel nutzen. Ich würde also auf mein Glück setzen und hoffen, dass ich selber etwas herausfand, was mir einen Hinweis gab. Ich musste also zum Tatort zurück. Vielleicht hat der Kollege ja etwas übersehen.

Ich zog den USB Stick wieder raus, steckte ihn ein und verließ mein Büro.

X

Der Bereich in dem Anita gelegen hat, war von einem Polizeiband abgesperrt worden. Die Luft war drückend heiß und auf dem Gehweg flirrte sie über dem Betonboden. Ich wünschte ich wäre in meinem Auto geblieben, da war es schön kühl. Mein Hemd klebte bereits nach wenigen Schritten an meinem Rücken und unter meiner Stoffhose spürte ich, wie mir der Schweiß an den Beinen herab lief. Ich hasse den Sommer, es ist viel zu heiß.

Ein paar Meter weiter lehnte ein Beamter an einem Baum und rauchte eine Zigarette. Ich hob das Absperrband hoch und ging darunter hindurch. Als er mich sah, machte er schnell seine Kippe aus und kam eilig auf mich zu.

„ Entschuldigen sie?! Das hier ist ein Tatort, ich muss sie leider bitten sich zu entfernen."

„ Ganz ruhig", ich holte meinen Ausweis aus der Tasche und hielt ihn hoch.

„ Oh, bitte verzeihen sie, Herr Kommissar, ich wusste ja nicht…"

„ Es ist alles in Ordnung, sie machen einen guten Job." *Idiot.*

Ich ging an den Ort, an dem ich schon letzte Nacht gestanden hatte und kniete mich hin. Jede Bewegung wurde durch ein leichtes Stöhnen von mir quittiert, denn so langsam bekam ich wieder

Kopfschmerzen. Entweder von der scheiß Luft oder es hat sich doch noch ein Kater eingeschlichen.

Ich suchte den Boden ab, konnte aber nichts finden, was mir weiterhelfen würde. Die Spurensicherung hatte ganze Arbeit geleistet. Ich konnte nicht einen einzigen Tropfen Blut auf dem Boden sehen. Wenn das Flatterband und der Kollege nicht hier wären, dann konnte man das nicht einmal als ein Tatort ausmachen. Es war also hoffnungslos. Ich stand wieder auf und ging schnurstracks zu meinem BMW und meiner Klimaanlage zurück. Ich wollte gerade die Tür aufmachen, als ich auf der anderen Straßenseite etwas sah, was mir einen kalten Schauer über den Rücken laufen ließ. Mein Puls beschleunigte sich. Ich konnte nicht glauben was ich da sah. Dort stand ein schwarzer Mercedes Geländewagen mit laufendem Motor. Der Fahrer starrte mir direkt in die Augen. Konnte das sein? War es der gleiche Wagen wie letzte Nacht.

Der Mercedes fuhr aus der Parklücke heraus und bog auf die Hauptstraße ab. Ich sprang in meinen BMW und startete ihn. Ich wartete einen Augenblick lang bis er weit genug weg war und fuhr dann langsam hinter ihm her. Ich war so aufgeregt, dass ich sogar vergas die Klimaanlage anzuschalten. Jemanden in der Stadt zu verfolgen, ist gar nicht so einfach. Immerhin gibt es hier genauso viele Deppen, wie auch auf der Schnellstraße, die einfach die Spur wechseln ohne vorher zu gucken und außerdem sind hier sehr viele Ampeln, die nicht unbedingt sinnvoll geschaltet sind. Ich hatte aber keine große Mühe an ihm dranzubleiben. Etwas später fuhren wir aus der Stadt heraus. Ab hier war es ein Kinderspiel ihm zu folgen. Ein bisschen Landstraße, ohne viel Verkehr. Irgendwann bog er ab. Er fuhr auf seine Hofauffahrt und hielt an seinem Haus. Ein Prachthaus, möchte ich anmerken. Es war riesig groß und in weiß. Eine richtige Stadtvilla. Sein Weg war mit Kieselsteinen bestreut und vor seiner Haustür gabelte sich der Weg, so wie man es aus den Hollywoodfilmen kennt. Einen Kreisverkehr vor der Tür, in dessen Mitte ein schöner protziger Springbrunnen stand. Der Eingang selber war mit zwei hohen Säulen gerahmt und davor standen zwei Löwen aus Marmor.

Ich hielt gegenüber von der Auffahrt und beobachtete, wie jemand aus dem Auto stieg und in Richtung Haustür ging. Er schloss sie auf und verschwand im Haus.

Ich überlegte Fieberhaft. Konnte es sein, dass ich so ein wahnsinniges Glück hatte, dass mir der Täter einen Tag später von alleine vor die Flinte läuft? War das vielleicht nur ein Schaulustiger, der sich durch mich ertappt fühlte? Schwarze Autos gibt es ja wie Sand am Meer.

Ich setzte alles auf eine Karte und entschloss mich dazu den Mann zu befragen. Ganz oberflächlich natürlich. Aber was wäre wenn er es war? Wenn auf ein mal jemand von der Polizei auf der Matte stand, dann konnte er sich in die Ecke gedrängt fühlen und eine Panikreaktion zeigen. Das er skrupellos sein kann, hat er ja schon bewiesen und das er das Risiko liebt, scheinbar auch. Ich öffnete also mein Halster und entsicherte meine Waffe. Ich stieg aus dem BMW und bemerkte erst jetzt, dass es draußen fast ein bisschen kühler war als im Auto. Ich nahm mein Jackett und zog es an. Es war zwar immer noch schweinewarm, aber ich wollte nicht, dass der Typ meine geladene und entsicherte Waffe sehen konnte.

Ich schloss die Tür zu meinem Wagen und ging über die Straße auf seine Auffahrt zu. Der Weg sah von meinem Auto gar nicht so weit aus, aber ich hatte das Gefühl ich würde Ewigkeiten brauchen, um bis zu seiner Haustür zu kommen. Kurz bevor ich den Brunnen erreichte, blieb ich stehen. Ich konnte sehen, wie sich der Vorhang hinter dem Fenster, rechts neben dem Eingang, bewegte. Hatte er mich bemerkt? Wartete er schon mit einer geladenen Waffe hinter der Tür? Ich spannte meine Muskeln an und ging etwas schneller. Ich schritt vorbei an den hohen Säulen und den beiden Löwen, die jetzt sogar ein bisschen einschüchternd wirkten. Schließlich erreichte ich die Klingel und drückte auf den Knopf. Ich konnte die pompöse Glocke aus dem inneren des Hauses hören und es dauerte nicht lange, da wurde die Tür geöffnet.

Ein Mann Mitte dreißig stand plötzlich vor mir. Er trug einen maßgeschneiderten Anzug mit italienischen Schuhen. Seine Frisur war perfekt gestylt, sogar die grauen Haare wirkten so, als wenn er sie sich hat absichtlich so wachsen lassen. Er hatte ein gewinnendes Lächeln mit diesen Grübchen an den Wangen, die jeden auf Anhieb sympathisch wirken lassen. Meine Anspannung wich ein wenig, als er mir die Hand zur Begrüßung entgegen streckte.

„ Guten Tag, was kann ich für sie tun?" Sein lächeln blieb bestehen.

„ Mein Name ist Kommissar Minning, ich hätte da ein paar Fragen. Haben sie einen Moment Zeit für mich?"

„ Natürlich, kommen sie herein." Er trat einen Schritt beiseite und machte eine einladende Geste. „ Bitte folgen sie mir doch ins Wohnzimmer." Er hatte eine wohlklingende Stimme, so ruhig und freundlich. Der ganze Mann wirkte irgendwie zu Perfekt.

Wir gingen durch einen langen Flur und kamen schließlich in einem großzügig eingerichteten Wohnzimmer an. Ich setzte mich auf die antik wirkende Couch. Sie sah aus, als wenn sie gerade erst aus dem Geschäft kam. Die Polster waren weich und die Farben leuchteten. Das polierte Holz glänzte im Sonnenlicht, welches durch die großen hohen Fenster in den Raum strömte.

Auf dem Tisch stand eine große Karaffe, die mit Wasser und einer Menge Eiswürfel gefüllt war. Ich bemerkte erst jetzt, wie durstig ich eigentlich war. Mein Hals war trocken und der Anblick davon, wie die Wassertropfen außen am beschlagenen Glas herunter rannen, ließen in mir den Wunsch wachsen, die Flasche zu nehmen und sie mir über den Kopf zu kippen. Der Typ, dessen Name ich bis jetzt noch nicht erfahren hatte, konnte mir wohl meine Sehnsucht nach Wasser ansehen und goss mir ein großes Glas voll. Ich nahm es in die Hand und trank gierig die kühle, wohltuende Flüssigkeit aus. Er schenkte mir nach und sah mich dann direkt an.

„Weshalb sind sie hier, Herr Kommissar?"

Ich stellte das Glas ab und fühlte mich schlagartig schlecht, weil ich ihm eine solche Schwäche offenbart hatte.

„Warum waren sie eben in der Nähe eines Tatortes und haben mich beobachtet?" Ich kam direkt zum Punkt. Ich wollte nicht mehr Zeit als nötig hier verbringen, falls es Zufall gewesen sein sollte, dass er da war.

„Ich habe eine Besorgung gemacht, deshalb war ich dort."

„Und was haben sie dort besorgt, wenn ich fragen darf?"

„Etwas, was ich nur dort bekommen konnte. Ich fürchte, dass muss ihnen als Antwort genügen."

Ich überlegte kurz. Genau genommen hatte er ja Recht. Nur weil er gegenüber eines Tatortes geparkt hatte, war er ja nicht automatisch verdächtig. Ich überlegte, wie ich ihm die nächsten Fragen stellen konnte, ohne ihm die Möglichkeit zu geben, misstrauisch zu werden. Ich wollte gerade ansetzen, da ließ mich etwas zusammenzucken.

Es war ein Schrei. Ein Hilfeschrei.

„Was war das?" Ich hatte meine Hand reflexartig an meinen Halster genommen und guckte den Mann direkt an. Er machte keine Anstalten sich zu bewegen, sondern saß immer noch entspannt vor mir. Die Beine überschlagen, die Arme ausgebreitet auf dem Sofarücken, fixierte er meinen Blick.

„Das, mein lieber Herr Minning, ist der eigentliche Grund, weshalb sie hier sind."

XI

Wir gingen eine steinerne Wendeltreppe hinab. Die Stufen waren recht schmal und schlecht ausgeleuchtet. Ich musste mich stark konzentrieren, damit ich die schmalen Bretter überhaupt treffe und mich nicht auf die Fresse packen würde. Wobei ich mir nicht ganz sicher war, ob es ihm nicht sogar recht gewesen wäre, wenn ich mir das Genick gebrochen hätte, denn bisher hat er nicht ein Wort darüber verloren, weshalb wir überhaupt in den Keller gingen. Der Klassiker, dachte ich mir. Hier unten konnte er mich erledigen und keiner würde es mitbekommen und ich ging wie ein Lemming hinter ihm her. Die Wände, an denen wir vorbeikamen, sahen sehr robust aus, so dass ich davon ausgehen konnte, dass niemand meine Schreie gehört hätte.

Schreie, bestimmt hatte unsere Exkursion etwas damit zu tun und wie aufs Stichwort, begannen die flehenden Laute wieder zu beginnen. Es war definitiv eine Frauenstimme und sie war erfüllt von Panik und Verzweiflung.

„Darf ich ihren Namen erfahren?" Ich versuchte gleichgültig zu klingen, obwohl ich nervös war. Es war nicht so, dass mich das Gejammer irritierte hätte, es war mir sogar egal, ich machte mir nur Sorgen, dass sich meine Schreie hinzugesellen würden.

„ Ich gehe davon aus, dass sie schlau genug sind, zu wissen, dass ich ihnen nicht meinen richtigen Namen nennen werde. Aber sie können mich Ahab nennen."

„ Ahab? So wie der Typ aus Moby Dick?"

„ Exakt. Fragen sie mich bloß nicht wieso. Diesen Namen haben mir die Einwohner eines kleinen Dorfes in Osttimor gegeben. Ich selber sehe mich auf der anderen Seite."

Der Keller war fast genauso groß, wie das Haus selbst. Scheinbar endlose lange Gänge. Ein dicker roter Teppich lag auf dem Fußboden und verschluckte beinahe jeden unserer Schritte. An den Wänden hingen Gemälde. Ich kannte keines davon, es interessierte mich aber auch nicht sonderlich. Ich guckte zwar hin und wieder auf den Namen, der darunter stand, konnte ihn aber nicht entziffern. Da es keine Van Goghs oder Da Vincis waren, konnte ich auch nicht bestimmen, ob die Preise von dreißigtausend Euro zu teuer sind oder nicht. Zumindest waren sie gut in Szene gesetzt. Jedes einzelne Bild hatte seinen eigenen Scheinwerfer und die Rahmen waren auf Hochglanz poliert. Auf den Bildern selber, war nicht besonders viel zu sehen für so viel Geld. Es waren fast immer dieselben roten Farbmuster, sie unterschieden sich nur im Geringsten. Auf der kalten Steinwand jedoch, sahen die Gemälde, in ihren breiten Kirschholzrahmen, wiederum sehr elegant aus.

Ahab öffnete eine Tür zu unserer linken und wir gingen hinein. In der Ecke an der Wand stand ein gemütlich aussehendes schwarzes Ledersofa.

„Bitte setzen sie sich", sagte er. „Wenn sie mögen, da vorne ist ein Kühlschrank, gefüllt mit allerhand Getränken. Bedienen sie sich ruhig nach Bedarf."

„Danke, aber ich möchte nichts."

Mir blieben fast die Worte im Halse stecken, denn während er mir etwas zu trinken anbot, fing er an sich zu entkleiden. Es dauerte nicht lange, da stand er splitterfasernackt vor mir. Er war durchtrainiert, jeder seiner Muskeln war klar definiert. Sein Körper war Sonnengebräunt und machte dadurch den Gesamteindruck perfekt.

„Ich weiß nicht, was sie vorhaben, aber ich bin sicherlich nicht deshalb hierher gekommen." Ich merkte, wie mir der Schweiß auf die Stirn trat, obwohl es hier unten deutlich kühler war als draußen. Ich habe es noch nie gehabt, dass mich jemand so eingeschüchtert hat, wie dieser Mann.

„Seien sie versichert, Herr Minning, ich hätte mir nicht die ganze Mühe gemacht, sie hierher zu locken, wenn es mir nur darum ginge." Er grinste und zog eine schwarze lederne Maske über seinen Kopf. Sie glänzte unter dem Decken-

110

licht und da wo der Mund war, hatte er eine ge-
zackte weiße Linie eingenäht. Seine Augen wirkten durch die beiden Löcher in der Maske sehr
bedrohlich und dunkel.

„ Wären sie bitte so freundlich und reichen
mir die Sporttasche, die zu ihrer linken steht?"
Seine Stimme klang gedämpft. Ich stand vom
Sofa auf und nahm die Tasche in die Hand und
reichte sie ihm. Er stellte sie auf einen Tisch und
zog den Reißverschluss auf. Er griff hinein und
wühlte etwas herum, bis er mir auf einmal einen
Bündel Fünfhunderter hinhielt. Ich brauchte einen Moment bis ich begriff was er wollte.

„ Das sind fünfundzwanzigtausend Euro,
Herr Minning. Betrachten sie es ab jetzt als ihr
Eigentum."

Ich streckte zögerlich meine Hand aus und
nahm das Geld an mich. „ Danke." Sagte ich
knapp.

Er ließ die Tasche auf dem Tisch stehen,
drehte sich um und nahm einen Koffer, der neben dem Schrank stand und ging wieder in Richtung Tür.

„ Wenn sie mir bitte folgen möchten?"

Ich steckte das Geld in die Innentasche meines Jacketts und begleitete Ahab zurück in den
Flur. Wir gingen auf die Tür am Ende des Ganges zu und je näher wir ihr kamen, desto lauter
wurden die Schreie. Er drehte den Schlüssel um,

der bereits im Schloss steckte und öffnete die Tür. In dem Raum war es dunkel, nur ein paar vereinzelte grüne und rote Punkte waren zu erkennen. Ahab drückte den Lichtschalter und es wurde schlagartig hell. Überall in den Ecken und an den Wänden waren Scheinwerfer angebracht, die allesamt auf die Mitte des Zimmers leuchteten. Dort, wo sich die Lichtkegel kreuzten, stand ein großes Bett. Es war aus massivem Holz gearbeitet und hatte an den Seiten handgearbeitete Schnitzereien. Das Ganze erinnerte mich ein bisschen an die Bilder im Flur. Der Rahmen war ebenfalls in Hochglanz lackiert und mit dem weißen Laken, wirkte das ganze wirklich wie ein Bild. Das einzige, was diese Szenerie von den anderen unterschied war, dass auf dem Bett eine junge Frau lag. Ihre Arme waren mit Lederriemen am Kopfende festgemacht. Sie war nackt und lag breitbeinig auf dem Rücken. An den Füßen waren Eisenfesseln, die mit Dornen in ihre Fußgelenke stachen. An den Fesseln selber waren Ketten aus glänzendem Metall, die über zwei Hülsen an den äußeren Bettenden nach oben an die Decke geführt wurden. Dort, wo die beiden Kettenenden zusammengeführt wurden, ging ein Seil über eine weitere Hülse, über die Mitte vom Bett und dann wieder hinunter. Offensichtlich ein Flaschenzug, dessen Sinn sich mir noch nicht erschloss, ich war aber auch nicht besonders scharf darauf zu erfahren, wofür das diente.

Das Mädchen, ich schätzte sie auf Anfang zwanzig, wand sich im Bett hin und her. Ihre Hand- und Fußgelenke wurden von ihren Fesseln so sehr bearbeitet, dass sich das Laken darunter bereits mit Blut tränkte. Mit jeder Bewegung, die sie machte, wimmerte sie vor Schmerzen. Sie hatte braune, lange Haare, die teilweise, von Schweiß getränkt, an ihrer Stirn klebten. Sie hob ihren Kopf und ich konnte sehen, wie ihre Angst ein wenig der Erleichterung platz machte. Sie sah mir direkt in die Augen.

„ Helfen sie mir!" Flehte sie mich an. „ Bitte!"

Ich sah zu Ahab hinüber, der bereits seinen Koffer geöffnet hatte. Eine beachtliche Anzahl an silberglänzenden Gegenständen kam zum Vorschein. Einige sahen nach echten Folterwerkzeugen aus, andere wiederum waren Standard Sexspielzeuge. Er nahm einen Gegenstand in die Hand, der aussah wie ein Pfannenwender, nur das dieser mit einer Menge, circa vier zentimeterlangen, Nadeln bestickt war. Er drehte sich zu mir und kam auf mich zu.

„ Darf ich vorstellen, Herr Minning? Das ist Alina." Er zeigte auf die Frau auf dem Bett, als wenn ich nicht wüsste, wen er meinte. „ Ihr erster Auftrag."

XII

Ahab nahm eine Fernbedienung vom Tisch und ging mit dieser und dem Pfannenwender zum Bett. Er kniete sich zwischen die Beine von Alina, blickte nach oben und schaltete mit der Fernbedienung die Kamera ein, die an der Decke direkt über dem Mädchen angebracht war. Diese quittierte es mit einem leisen aber hörbaren „Piep". Neben mir stand ein Monitor, welcher sich zusammen mit der Kamera einschaltete und ich konnte das Ganze jetzt aus der Vogelperspektive betrachten.

„ Sie können gerne noch mit einsteigen, wenn sie möchten. Es wird sich sicherlich noch eine Maske auftreiben lassen." Er blickte zu mir herüber. Ich konnte es zwar durch seine Maske nicht sehen, ahnte es aber, dass er mich angrinste.

„ Nein, vielen Dank. Ich verzichte lieber."

„ Dann genießen sie einfach die Show, ich gebe ihnen dann bescheid, wenn ich ihre Dienste benötige." Er wandte sein Blick wieder nach oben zur Kamera. „ Let the Show begin." Er blickte wieder auf Alina, holte mit dem Wender aus und Schlug ihr damit auf den rechten Oberschenkel. Sie schrie auf vor Schmerz, als sich die Nadeln in ihr Fleisch bohrten. Er zog ihn wieder raus und das Blut spritze zur Seite weg. Als sie ihr Becken nach oben streckte, drang er mit seinem Penis in sie ein und fing an sich zu bewegen. Sie bettelte, dass er damit aufhören solle. Ihr schossen die Tränen in die Augen und liefen an ihrer Wange herunter. Er wechselte das Spielzeug, von einer in die andere Hand und schlug damit auf ihre linke Taille. Ihre Stimme wurde schrill und wieder spritzte das Blut. Die Riemen vergruben sich noch tiefer in ihre Handgelenke. Sie bäumte sich auf, versuchte alle Kraft zu mobilisieren, um sich zu befreien. Ahab genoss es sichtlich. Er riss an der Kordel, die zu seiner rechten Hing und die Beine von Alina wurden durchgestreckt. Es gab ein matschiges Geräusch, als die Dornen in ihren Fußgelenken nach unten gerissen wurden. Sie schälten die Haut ab und hinterließen tiefe Risse. Sie gab noch ein leises wimmern von sich, bevor die Schmerzen so heftig wurden, dass sich ihr Verstand abschaltete. Sie sackte auf dem Bett zusammen und zeigte keine Regung mehr.

„ Nein, meine süße, du kannst noch nicht einschlafen, wir sind doch noch gar nicht fertig." Ahab stand vom Bett auf und ging zu seinem Koffer herüber. Er holte eine Spritze hervor, die er mit der Flüssigkeit aus einer Kanüle aufzog. „Adrenalin." Er sah zu mir herüber. „Da schläft die einfach ein, wie unhöflich. Ich war doch noch gar nicht fertig." Er schüttelte theatralisch den Kopf hin und her, als wäre er tatsächlich enttäuscht und ging anschließend wieder zurück zum Bett und setzte die Nadel an ihrem Arm an. Es dauerte keine 3 Sekunden, da war sie sofort wieder zurück aus ihren Träumen und ich hegte keinen Zweifel daran, dass sie lieber dort geblieben wäre.

Die Faust traf sie direkt an der rechten Schläfe. Ahab saß jetzt auf ihrem Bauch und schlug ihr mehrmals direkt ins Gesicht. „Was fällt dir Schlampe ein einfach einzuschlafen?" Schrie er sie an.

Ich konnte der ganzen Sache einfach nichts abgewinnen und langsam tat mir das Mädchen sogar leid, was ich absurd fand. Mir sind andere Menschen einfach egal. Ich verließ also den Raum und ging wieder in das Zimmer mit dem Sofa zurück. Jetzt konnte ich doch ein Getränk vertragen.

Im mittleren Regal neben dem Kühlschrank stand eine Flasche Macallan Lalique Whiskey. Ich nahm mir ein Glas aus dem Schrank und schenkte mir etwas von dem sechzigjährigen Edeltropfen ein. Diese Flasche kostete wahrscheinlich mehr als mein Auto, aber ich fand nicht, dass es einen großen Unterschied im Geschmack gab, im Vergleich zu meinem guten alten Jack. Die Gelegenheit nicht zu nutzen, ihn zu probieren, fand ich jedoch fahrlässig, also schenkte ich mir noch ein weiteres Glas ein.

Während sich Alkohol im Wert meines Jahresgehaltes durch meine Kehle herunterbrannte, konnte ich noch immer die Schreie von Alina hören. Ich hatte vergessen die Tür zum Folterraum zu schließen. Sie war so laut, dass ich fast dachte, ich wäre immer noch im Zimmer. Ich hatte mein zweites Glas fast geleert, als es schlagartig ruhig wurde.

„ Herr Minning, hätten sie die Güte zu mir zu stoßen?" Dieser Satz klang ein bisschen komisch, wenn man bedachte, was da gerade abgegangen ist.

Ich stand also auf und ging zurück in den Raum, der noch kurz zuvor erfüllt war mit lautem, verzweifeltem Geschrei und bemerkte, dass es jetzt bedrückend ruhig war. Als ich durch die Tür schritt, sah ich, dass Alina reglos auf dem Bett lag und die Augen nur noch halb geöffnet hatte. Ahab stand neben dem Bett und öffnete die Fesseln. Ich hätte geglaubt, dass sie tot ist, wenn sich ihr Brustkorb nicht noch leicht gehoben und gesenkt hätte. Sie machte jedoch keine Anstalten sich zu bewegen, nicht einmal als ihre Füße und Hände befreit waren. Sie hätte vermutlich eh nicht mehr laufen können, denn von ihren Beinen war kaum noch etwas übrig, was ihr hätte einen Halt bieten können. Ich konnte buchstäblich ihre Knochen sehen, wie sie durch das Fleisch hindurchschienen. Ihre Finger waren blau angelaufen und hingen merkwürdig verdreht an ihrer Hand neben ihr auf dem Bett.

„Alles in Ordnung bei Ihnen, Herr Minning?" Die Worte drangen wie durch Watte zu mir. Ich hatte schon einiges in meinem Leben gesehen, aber das hier setzte selbst mir zu. „Sie sehen ein bisschen blass um die Nase aus." Ich sah auf und konnte ihn jetzt grinsen sehen, da er die Maske abgesetzt hatte.

„Nein", entgegnete ich, „Alles gut. Ich war bisher nur noch nie mit einem solchen, naja." Ich nickte in Richtung des Bettes.

„Betrachten Sie es einfach als meinen Job, so wie es ihrer sein wird, diese Dame zu eliminieren und zu beseitigen."

„Sie lebt noch." Ich sprach mehr zu mir als zu ihm.

„Ja, ändern sie es. Meine Kunden wollen nur sehen wie sie leiden, nicht wie sie sterben."

Er zog sie vom Bett und sie schlug seitwärts auf dem harten Steinboden auf. Ein quiekender Laut kam aus ihrem Mund, aber es war sicher nichts gewolltes, sondern eher ein Geräusch, dass ihre Lunge beim Aufprall verursachte. Er nahm eine Schere vom Tisch und fing an damit ein Viereck aus dem Bettlaken auszuschneiden.

„Bitte Herr Minning, da draußen warten noch weitere fünfundzwanzigtausend Euro auf sie, bitte erledigen sie ihren Job."

Es dauerte einen kleinen Moment, bis ich mich wieder gefangen hatte und ging auf Alinas fast toten Körper zu. Ich kniete mich hin und drehte ihren Kopf, so dass ich in ihre Augen sehen konnte. Sie waren leer und schienen durch mich hindurch zu schauen. Ich legte meine Hände um ihren Hals und drückte kräftig zu. Ein paar Sekunden vergingen, dann fingen ihre Beine, zumindest das was davon noch übrig war, an zu zucken. Wobei es eher ein Reflex gewesen sein dürfte, denn es gab keinen richtigen Todeskampf. Jeglicher Widerstand war schon vorher aus ihr gewichen.

Als ihr Brustkorb sich schließlich nicht mehr bewegte, konnte ich die geplatzten Äderchen in ihren Augen sehen. Sie hatte es hinter sich. Mir lief ein wohliger Schauer über den Rücken. Ich bemerkte, dass der letzte Auftrag durch Georg schon zu lange her war. Wie konnte ich dieses Gefühl der Macht nicht vermissen?

„Was soll ich jetzt mit der Leiche machen?" ich sah wieder zu Ahab. Er saß jetzt auf einem Hocker mit dem Rücken zu mir und tackerte die ausgeschnittene Bettdecke, dessen Blut ein seltsames Muster darauf hinterlassen hatte, auf eine Leinwand. Erst jetzt bemerkte ich den Hochglanzpolierten Rahmen, der rechts neben dem Arbeitstisch angelehnt stand. Die Bilder im Flur, schoss es mir durch den Kopf. Das waren keine

Gemälde, es waren Blutbilder und die Unterschrift in der unteren Ecke, stammte von Ahab. Interessant war, das es dort schon welche gab, also machte er es nicht erst seit heute, sondern scheinbar schon ein paar Tage länger. Aber wieso haben wir vorher keine Leiche entdeckt? Das Mädchen aus dem Park war schließlich sehr stümperhaft entsorgt worden und die anderen offensichtlich nicht. Das warf ein paar Fragen auf, aber ich sollte vielleicht nicht zu viele stellen, denn immerhin konnte es von mir auch einen Vorgänger gegeben haben. Wer weiß, wo er jetzt ist.

„ Wo soll ich die Leiche denn hinbringen?" Ich fragte noch einmal, da ich dachte, er hätte es beim ersten Mal nicht wahrgenommen.

„ Suchen sie sich ein Waldstück aus und entsorgen sie sie dort. Dann machen sie ein paar Fotos, welche sie mir bitte zukommen lassen. Anschließend sorgen Sie dafür, dass die sterblichen Überreste möglichst schnell verschwinden, sobald man sie aufgefunden hat."

„ Wieso dann erst die Mühe, sie im Wald zu entsorgen? Ich könnte sie gleich verschwinden lassen. Ich kenne genügend Möglichkeiten."

„ Wissen sie eigentlich wie viele kranke und perverse Typen es da draußen gibt?"

Sie meinen, außer demjenigen, der gerade mit mir redet? Fast hätte ich es ausgesprochen

„ Die wollen nicht nur ein Video, oder dieses Kunstwerk", er hielt das Bild hoch um mir zu demonstrieren, was er meinte, „nein, sie wollen auch eine Geschichte. Eine Geschichte, die sie mitgestaltet haben. Sie werden einen Bericht aus der Zeitung lesen, über das Auffinden der Leiche aus ihrem Auftrag und bekommen die Fotos, welche sie im Wald machen, noch dazu. Diese Leute bezahlen einen sehr hohen Preis dafür, wenn sie das gesamte Paket bekommen, nicht nur die lächerlichen dreißigtausend, für die Gemälde aus dem Flur." Er holte den Rahmen und legte ihn auf den Tisch, um als nächstes das Bild einzuarbeiten. „ Es ist nicht so, dass ich es nötig hätte, Herr Minning, ich betrachte es als eine Art Hobby. Ein gut bezahltes noch dazu. Meinen Reichtum, erhalte ich mir durch meine diversen anderen Geschäfte."

Ich wickelte die Leiche in eine Plastikplane ein und hob sie wieder auf das Bett, um sie anschließend leichter anheben zu können.

„ Warum ich? Und woher kannten sie meinen Namen?" Ich hatte die Frage gestellt, ohne vorher darüber nachzudenken und bereute es im gleichen Moment schon wieder.

„ Ein sehr guter Einwand, mein lieber Herr Minning." Er verpackte das Gemälde in eine große Papiertüte und lehnte sie gegen den Tisch, dann drehte er sich zu mir um und kam auf mich zu. Er wirkte plötzlich sehr ernst und schon wieder fühlte ich mich unbehaglich. Es war das zweite Mal an diesem Tag, dass er es schaffte mich derart einzuschüchtern. „ Glauben sie, dass es ein Zufall war, dass sie mir bis hier her gefolgt sind?"

Ich schrieb es meinen guten Verfolgungskünsten zu, dass ich ihm folgen konnte, zweifelte aber jetzt daran. Scheinbar konnte er es mir ansehen.

„ Ich saß eine geschlagene Stunde in meinem Mercedes und habe darauf gewartet, dass mein Kontaktmann aus der Bar mich anruft, um mir mitzuteilen, dass sie das Etablissement verlassen haben, bis es dann endlich so weit war."

„ Woher wussten sie, dass ich da sein würde."

„ Nun ja, es war mir bewusst, dass sie sich betrinken würden, angesichts der Tatsache, dass sie ihrem Nebenerwerb nicht mehr nachgehen konnten. Also ließ ich sie überwachen. Ich packte die Leiche in den Kofferraum und wartete dann eben nur noch darauf, dass sie auftauchen würden um mich zu beobachten. Ihr ehemaliger Chef, Gott habe ihn selig, sprach in den höchsten Tönen über ihre Diskretion und ich war mir sicher, dass ich ihre Aufmerksamkeit bekommen würde. Ich dachte bloß nicht daran, dass es bei ihnen so lange dauert, bis sie mich ausfindig machen würden. Ich bin immerhin sehr langsam vom Tatort geflüchtet, aber sie haben anscheinend mein Kennzeichen nicht erkannt. Also musste ich es so arrangieren, dass sie eine zweite Chance bekommen würden. Ich fuhr zurück, damit sie mir dann hierher folgen konnten. Zugegeben, es war sehr reizvoll zu erfahren, was sie machen würden, wenn sie an meiner Tür klopfen würden. Ich denke aber, es hat sich gelohnt. Für beide von uns. Und nun machen Sie bitte ihren Job." Er hielt mir das Bild zusammen mit einem Adressaufkleber entgegen „Wenn Sie so freundlich sein würden, und dieses Paket bei der Post einzuwerfen?"

„Natürlich." Ich war noch etwas verdutzt.

„Ich werde jetzt unter die Dusche hüpfen. Meinem Zeitgefühl nach zu urteilen, müsste es mittlerweile kurz nach Mitternacht sein und somit auch dunkel. Lassen sie sich also nicht allzu viel Zeit. Sie können in zwei Wochen wieder hier erscheinen, die Zeit können sie frei wählen. Entweder kommen sie so wie heute her, dann können sie dem Spielchen wieder beiwohnen oder sie kommen gegen Mitternacht und machen einfach das, wofür ich sie bezahle. Ihre Entscheidung. Es wird auf jeden Fall im vierzehntägigen Rhythmus passieren, von daher halte ich die Höhe des Honorars durchaus für angemessen. Wenn sie also den Raum gleich verlassen, dann nehmen sie sich bitte noch ihr Geld aus der Sporttasche und den Schlüssel, welcher sich ebenfalls darin befindet. Damit haben sie uneingeschränkten Zugang zu diesem Domizil. Dann brauchen sie nicht zu klingeln, wenn sie kommen." Er wandte sich in Richtung Flur. „ Eines noch", er drehte sich wieder zu mir um und lächelte erneut. „ Behalten sie die Flasche."

Er verschwand kurz darauf im Gang und ich hörte einige Minuten später wie das Wasser aus der Dusche, das Blut und den Schweiß durch die Rohre im Keller spülte.

XIII

Ich stand draußen in der warmen Nachtluft und versuchte wieder zu Atem zu kommen. Jetzt begriff ich erst richtig, was da gerade alles passiert war. Er hatte mich hierher gelotst um mich als Komplizen für seine Sexualmorde zu requirieren und ich war ihm vollends ins Netz gegangen. Er wusste über das Ableben von Georg Bescheid. Mehr noch, er ließ keinen Zweifel daran, dass er ihn umgebracht hatte, oder zumindest hat beseitigen lassen.

Ich hatte also einen neuen Job, der beinhaltete, die Leichen für einen Mann namens Ahab zu entsorgen und dafür jedes Mal fünfundzwanzig Riesen zu kassieren. Eine beträchtliche Summe, die allerdings auch angebracht war, angesichts der Tatsache, dass ich sie unter anderem alleine die schmale Wendeltreppe hochhieven musste. Jetzt lag sie, eingewickelt in Plastik, in meinem Kofferraum und schon morgen früh, würde sie jemand im Wald finden und mich anrufen. Nur in welchem Wald, da war ich mir noch nicht ganz sicher. Ich musste mich jedoch ein bisschen beeilen, da es mittlerweile schon kurz nach ein Uhr Nachts war, also stieg ich in meinem BMW, welchen ich zwischenzeitlich kurz vor die Haustür geparkt hatte und fuhr los.

Mein Weg führte mich zunächst in die Stadt zurück, von wo aus ich in Richtung Eckernförde auf die B76 abbog. Ich fuhr über den Nord-Ostsee Kanal und kam an einer Abfahrt vorbei, die ins Ländliche führte. Kurz hinter einem kleinen Ort namens Felm, bremste ich meinen Wagen ab und fuhr in einen kleinen Feldweg hinein. Perfekt! An diesem Ort kommt vor Morgen bestimmt keiner vorbei, also stieg ich aus und ging um meinen Wagen herum und öffnete den Kofferraum. Ich griff hinein und hatte etwas Mühe den Sack herauszuholen, da bei Alina bereits die Leichenstarre einsetzte. Ich ging ein bisschen den Weg entlang und legte sie dann direkt an den Rand des Trampelpfades ab. Ich wickelte sie aus, legte sie auf den Rücken und machte drei Fotos mit meinem Handy. Zwei für Ahab, eins für meine Wand.

Bis morgen meine süße! Ich hauchte ihr einen Handkuss zu, ging mit der Plane unter dem Arm zu meinem Auto zurück und fuhr nach Hause. Bevor ich ins Bett ging, setzte ich mich an meinen Küchentisch und schenkte mir einen Whiskey aus der unbezahlbaren Flasche ein. Ich war jetzt sehr sparsam und bereute meinen Überschwang im Keller, denn immerhin war es jetzt meiner. Ich dachte an Georg und an Ahab. Dann stand ich auf, hielt das Glas in die Luft und prostete den beiden in Gedanken zu.

„ Der König ist tot! Lang lebe der König!"

XIV

In den nächsten Monaten passierte nichts
ungewöhnliches, außer natürlich, dass ich bisher
insgesamt 10 weitere Frauen in den umliegenden
Wäldern entsorgen musste. Es lief beinahe immer gleich ab. Ahab änderte die Foltermethoden,
da laut seiner Aussage, jeder Kunde einen anderen speziellen Wunsch hatte. Mal mussten die
Frauen auf dem Bauch liegen, mal im wahrsten
Sinne des Wortes, Scheiße fressen und das mit
Abstand am Abartigsten war, dass er eine Kopf-
über von der Decke hängen lassen sollte, um
diese dann mit einem Messer im Genitalbereich
zu bearbeiten. Natürlich waren die Frauen dabei
immer bei vollem Bewusstsein. Widerlich. Wo
findet man bloß solche Kunden? Wie nehmen die
Kontakt auf? Das alles wären Fragen, die ich mir
stellen würde, wenn ich gegen Ahab ermitteln
würde, aber ich stand auf der anderen Seite und
schwieg. Es gab jedes Mal eine Barzahlung von
fünfundzwanzigtausend Euro, für jede Leiche,
die ich entsorgte. Am Anfang war ich natürlich
von dem Geld überwältigt, und ich war versucht
es gleich auf den Kopf zu hauen, nur erklären sie
mal dem Finanzamt, woher der Geldsegen
kommt. Mittlerweile hatte ich einen beachtlichen
Haufen an Rosa Scheinchen in meinem Keller
gestapelt. Ich hatte sogar noch meine ersten

fünfundzwanzig Riesen, die ich für Anita bekommen hatte.

Meine Aufgabe machte mir tatsächlich mit jedem Fall mehr Spaß und es ging mir auch schon nicht mehr nur um das Geld. Ich liebte den Nervenkitzel. Mein Gerichtsmediziner stellte zwar hin und wieder Fragen, aber ich erinnerte ihn immer an unsere Vereinbarung.

Wie bei jedem guten Familienvater, sind es die Frauen und die Kinder, die einem am Herzen liegen. Ich musste bei meinen Aufträgen unter Georg schon die eine oder andere Leiche von Dr. Florian Kontz modifizieren lassen, so dass es nie auf meinen damaligen Boss zurückfallen sollte. Also brauchte ich ein Druckmittel. Georg arrangierte jemanden, der eines Abends bei den Kontz in ihrem schönen Reihenhaus auftauchte und sich als Versicherungsmakler ausgab. Der einzige, den er sein Messer sehen ließ, war natürlich Florian, der Rest der Familie wiegte sich in Sicherheit. "Schöne Grüße von Inspektor Minning, sie sollen nicht zu viele Fragen stellen, wenn sie nicht demnächst an ihrer eigenen Familie rumschnippeln wollen." Das waren seine Worte und es gab danach keinen Grund, auch nur im Entferntesten an meinen Anweisungen zu zweifeln. Und auch jetzt, wo Georg tot war, tat er immer noch seinen Dienst, so dass ich davon ausgehe, dass Florian tatsächlich dachte ich hätte ihn geschickt.

Die Zeitungen machten selbst nach der 12 Leiche noch immer keine Notiz davon, dass es sich hier bereits um eine Serie von Morden handelte. Vielleicht, weil es nur Nutten waren, die verschwanden, oder Ahab hatte viel Einfluss beim Kieler Tagesblatt, so dass es nicht an die große Glocke gehängt wurde.

Ein Redakteur wurde dann jedoch trotzdem auf die ganze Geschichte aufmerksam und trug Bilder und Informationen zusammen. Er redete mit Eskortmädchen, die besseren Nutten, über die verschwundenen Damen. Er reimte sich die Dinge scheinbar so gut zusammen, dass mich Ahab vor ein paar Tagen anrief.

„ Herr Minning?"

„ Ahab? Geht es ihnen gut? Sie rufen sonst nie an."

„ Es gibt da etwas, was sie für mich erledigen müssen und zwar zeitnah."

„ Und was?"

„ Es geht um Mike Kebeck, einen Redakteur des Kieler Tagesblattes. Er schnüffelt zu viel wegen der toten Nutten rum. Es heißt er habe bereits eine heiße Spur. Ich möchte sie, in unser beider Interesse darum bitten, dieses Problem zu beheben."

„ Was genau schwebt ihnen da vor?"

„Eliminieren."

„Verstanden." Er legte auf.

Ahab hatte die Informationen direkt vom Straßenstrich. Während ich die Schlampen entsorge, holte er sie sich selbst bei speziellen Zuhältern ab, unter anderen auch bei Hank, die ehemalige rechte Hand von Georg. Er bezahlte sehr gut und führt wohl auch andere Geschäfte mit ihnen, denn nur des Geldes wegen, geben die Zuhälter ihre Nutten nicht einem sadistischen Mörder. Er musste also etwas besitzen, was Hank und seine Kollegen noch mehr brauchen konnten, als das Geld, das sie von Ahab bekamen, denn immerhin können die Jungs lesen und werden sich diese Dinge auf Grund der Zeitungsartikel schon zusammengereimt haben.

Ich nahm mein Handy aus der Tasche und rief Steven an. Ich fand das war ein Job, den so ein Trottel wie er hinbekommen sollte und ich wollte mir die Hände nicht schmutzig machen. Ich nannte ihm die Details und eine Summe und er fädelte ein Treffen ein. Der Rest dieser Geschichte ist ja bereits bekannt. Was jedoch noch nicht bekannt war, war was ich mit Dana machen sollte.

Dieser durchbohrende Blick, mit dem sie mich fixierte, wenn ich sie anschaute. Mir gefiel dieser Kampfgeist und die Rachsucht, die sich in ihren Augen deutlich zeigte. *Mach mich los und ich reiß dir die Eier ab.* Ich konnte es förmlich hören, wie diese Worte unausgesprochen im Raum standen.

Früher oder später würde ich dich leider töten müssen. Dachte ich.

Was soll's, es musste gemacht werden. Ich werde ihr den Knebel aus dem Mund nehmen und es genießen, wie sie um ihr Leben betteln wird, bevor ich ihr die Kehle durchschneide.

Es klingelt an der Tür.

Michael

I

Ich habe lange überlegt, ob ich diese Geschichte weiter schreiben soll. Eigentlich hätte ich dieses Buch der Beweissicherung zuführen müssen, aber ich traue im Moment keinem. Es gibt da gewisse Ungereimtheiten, und da möchte ich kein Risiko eingehen.

Ich fühle mich verantwortlich dafür, dass das Vermächtnis von Herrn Kebeck fortgeführt wird, wobei natürlich auch der Teil, wie ich an dieses Manuskript herangekommen bin dazugehört. Das ich überhaupt in den Besitz gelangen konnte, ist einem glücklichen Zufall zu verdanken.

Aber der Reihe nach.

Ich hatte von Daniel den Auftrag bekommen, Dana Kebeck über den Tod ihres Mannes zu informieren. Damals noch unter dem scheinheiligen Vorwand, dass er sich nicht wohl fühlen würde. Mittlerweile weiß ich ja, dass es nur deshalb war, weil er sich unangenehmen Fragen ausgesetzt gesehen hätte, bedingt dadurch, dass er am Abend des Todestages bei ihr war und erzählte, dass es keine Informationen bezüglich des Abelebens von Herrn Kebeck gab.

Um die Ermittlungen, die zum Tode geführt haben, würde er sich jedoch selber kümmern.

Er sagte außerdem, sie sei gerade überfallen worden und ich solle vorsichtig sein, weil sie deshalb schon angespannt genug war. Mal abgesehen davon, dass der Tod eines geliebten Menschen ohnehin alles andere in den Schatten stellt, was einen vorher aus der Bahn geworfen hätte, wusste ich ja nicht, dass es ausgerechnet der Mörder ihres Mannes war, der in ihr Haus eingedrungen ist.

Ich hätte damals mit jeder Reaktion gerechnet, Trauer, Verzweiflung, vielleicht sogar einer Ohnmacht, aber das was tatsächlich passierte, hatte ich auch, trotz meiner langen Laufbahn als Polizist, noch nicht erlebt.

Ich klingelte an ihrer Tür. Sie wurde geöffnet.

„ Frau Kebeck?" fragte ich.

„ Ja?" entgegnete sie knapp.

„ Mein Name ist Kommissar Logat. Ich fürchte ich habe schlechte Neuigkeiten für Sie." Ich ließ das einige Sekunden wirken, sah ihr aber an, dass sie bis jetzt nicht besonders besorgt wirkte. „ Wir haben die Leiche Ihres Mannes gefunden. Es tut mir sehr…" weiter kam ich nicht.

„ Sie haben ja vielleicht nerven! Wollt ihr mich verarschen? Verschwinden Sie, sonst rufe ich die Polizei!" Sie schlug mir die Tür vor der Nase zu. Ich klopfte noch ein paar mal, gab es dann aber auf, da sie schon begann die Lichter im Haus zu löschen.

Sie würde sich beruhigen und mich dann wahrscheinlich kontaktieren.

Ich fuhr von dort aus direkt nach Hause. Ich schlief etwas später ein, als gewöhnlich. Mich beschäftigte die Reaktion von Frau Kebeck mehr als ich es gedacht hatte. Ich beschloss am nächsten Tag Daniel zu fragen, ob er eine Erklärung dafür hätte.

Natürlich tat ich das nicht, denn wie immer kam etwas dazwischen. Als ich auf dem Revier ankam, war Daniel noch nicht da. Ich ging auf meine Bürotür zu und kam dabei an einem Schreibtisch eines Kollegen vorbei, der derzeit im Urlaub war. Auf seiner Unterlage waren Blutspritzer zu sehen.

„ Wessen Blut ist das hier auf dem Schreibtisch? Und warum ist es noch da?", fragte ich in die Runde.

„ Erinnern sie sich an die Frau des Reporters, der gestern ermordet wurde? Das Blut gehört ihr. Sie war etwas hysterisch, als Daniel sie wegen der Prostituiertenmorde verhaftet hat und ist total ausgeflippt. Er hat sie direkt in die JVA gebracht," entgegnete einer der jüngeren Kollegen. „ Sie hatte im Gesicht geblutet und hat rumgeprustet wie ein Stier. Da ist wohl ein bisschen was auf den Tisch geflogen." Er grinste dabei.

„ Dann hören Sie auf zu grinsen und machen Sie das weg, verdammt!"

Ich öffnete die Tür zu meinem Büro, ging um meinen Schreibtisch herum und griff nach meiner Kaffeetasse, als mein Handy klingelte.

„ Kommissar Logat," sagte ich.

„ Herr Kommissar, hier ist Polizeikommissaranwärter Johann Schmied. Wir benötigen hier Ihre Anwesenheit. Wir haben eine Leiche gefunden. Ich schicke ihnen die Adresse per SMS."

„ Alles Klar, ich mache mich gleich auf den Weg. Haben Sie die Spusi angefordert?"

„ Ja, die ist unterwegs. Ich möchte Sie aber vorwarnen, die Frau ist schrecklich zugerichtet."

„ Hat es etwas mit den Prostituierten Morden zu tun? Wenn ja, dann bin ich der falsche Ansprechpartner."

„ Nein, Herr Logat, dass hier ist etwas anderes. Es sieht aus wie ein Überfall mit Tötungsdelikt."

„ Verstanden. Bis gleich."

Ich legte auf, schnappte mir meine Jacke und ging zu meinem Fahrzeug. Damit war mein Vorhaben, mich um Dana Kebeck zu kümmern, erstmal hinfällig.

Der Tatort zu dem ich jetzt auf dem Weg war, lag etwas außerhalb von Kiel in einem kleinen Vorort. Hier leben diejenigen, die es richtig gut getroffen haben. Vermögende Menschen mit großen Häusern und teuren Autos. Der Familie zu der ich gerufen wurde ging es da nicht schlechter. Eine große Auffahrt die links und rechts von hohen Bäumen gesäumt war. Der Weg selber mit weißen Kieselsteinen belegt, die sogar jetzt im Herbst immer noch so aussahen, als seien sie gerade erst gestreut worden. An den Bäumen hingen nur noch vereinzelt ein paar gelbe und rote Blätter, auf dem Boden jedoch waren kaum welche zu sehen. Hier wird wohl täglich gereinigt. Es wirkt irgendwie zu sauber, im Kontrast zur grauen Wirklichkeit. Der Rasen sah frisch gemäht aus und es war nicht ein bisschen Moos zu sehen. Ich bin ja selber sehr eigen mit meinem Garten, aber das hier sieht aus wie Kunstrasen, ein bisschen zu viel des Guten.

Und an diesem Ort soll ein Einbruch stattgefunden haben. Sicherheitskameras gab es keine und auch kein Nachbar, zumindest keinen der etwas sehen könnte, bei diesen riesigen Koniferenhecken, die das Grundstück einrahmen. Wieso gibt man so viel Geld aus für diese Sperenzien, und sichert sich kein bisschen ab? Nicht mal ein Tor an der Einfahrt haben sich die feinen Herrschaften geleistet.

Auf der Auffahrt selber standen zwei Streifenwagen und einige Kollegen, die sich angeregt unterhielten. In der Nähe des Einganges sah ich eine Dame mit einem kleinen Mädchen sprechen, daneben standen zwei weitere Herren. Die Dame war Frau Dr. Klingbeil, unsere Polizeipsychologin, was darauf schließen ließ, dass es sich bei dem Mädchen um die Tochter der verstorbenen handelte. Dann könnte einer der Herren der Ehemann sein. Die Tatsache, dass der zweite Herr ruhig daneben stand, ließ mich vermuten, dass es keine Affäre war. Vielleicht war das aber auch so ein Swingerpäärchen oder so was. Egal, aber zumindest waren beiden angezogen. Einer trug einen Pullunder mit einem Hemd darunter dazu eine Faltenhose aus Stoff und Lackschuhe. Der andere sah nicht ganz so elegant aus, er trug Sportklamotten und war verschwitzt.

Ich hielt an und schritt auf die Haustür zu. Sie war offen. Ich nickte den Herren und Frau Dr. Klingbeil kurz zu und ging hinein. Ich hielt kurz inne und untersuchte das Schloss. Es waren zwar Spuren zu sehen, die auf einen Einbruch hindeuteten, jedoch wurde sehr wenig Gewalt ausgeübt. Der Jenige, welcher hier eingestiegen ist, musste sehr behutsam gewesen sein. Ich schritt über die Schwelle. Von innen konnte ich noch das Mädchen draußen bitterlich weinen hören.

Im Hausflur fing Johann Schmied, der Kollege vor Ort, mich gleich ab.

„ Guten Tag Herr Kommissar." Sagte er.

„ Guten Tag," entgegnete ich knapp, „ wo ist sie?"

Er zeigte in Richtung der Tür, welche unter einer Treppe war.

„ Im Keller Herr Logat. Folgen Sie mir bitte."

Auf dem Weg in den Keller konnte ich den Geruch der Toten wahrnehmen. Es roch nach Exkrementen und auch das Blut konnte ich riechen. Der Kollege hatte Recht, das was hier auf mich wartete, hatte nicht viel gemeinsam mit dem, was den Huren passiert war.

Der Keller war ein typischer Keller, die Waschmaschine und der Trockner standen in der einen Ecke, Gerümpel den man aufbewahrt, weil er zu teuer ist um ihn wegzuschmeißen, den man jedoch nie wieder brauchte, in der Anderen. Mitten im Raum selber stand ein Bügelbrett mit einem halbgebügeltem Hemd auf der Fläche, in dem ein großes Brandloch prangte. Das Bügeleisen stand aufrecht davor. Links davon war ein Wäschekorb in dem zerknüllte Wäsche lag, rechts daneben, alles sauber gestapelt, die Sachen welche sie schon fertig hatte. Etwas weiter hinten an der Wand befand sich ein weiterer Wäschekorb mit frisch gewaschenen und ungebügelten Hemden. Das erschien mir seltsam, aber vielleicht hatte die Dame ja ein spezielles System.

„ Ihr Name war Marie Kohlmann, sie liegt da vorne."

Die Frau lag auf dem Boden mit dem Gesicht nach oben, na ja, das was mal ein Gesicht gewesen ist. Sie war grausam zugerichtet. Der Tärer hatte mit dem Hammer, welcher neben ihr lag, auf ihren Kopf eingeschlagen. Jedoch nicht nur einmal. Das linke Auge war nicht mehr vorhanden. Ein Teil des Gehirns war durch zahlreiche Löcher in der Stirn zu sehen. Der Kiefer hing nur noch an einigen einzelnen Sehnen herunter. Die meisten Zähne waren ausgeschlagen und steckten zum Teil in der Rachenhöhle. Das ganze Gesicht war praktisch nur noch ein Haufen Brei. Wir nennen so etwas Overkill. Wenn sich also jemand in einem regelrechten Rausch befindet, dann schlägt er immer und immer wieder zu. Hier war das der Fall.

Ich sah mir ihre Fingernägel etwas genauer an, ob es vielleicht Spuren vom Täter darunter gab, manchmal hat man ja Glück. Nur in diesem Fall wohl eher nicht. Der gesamte Raum sah nicht so aus, mal abgesehen vom Einschlagen des Hammers auf den Kopf der Dame, dass hier ein Kampf stattgefunden hätte. Er musste sie also überrascht haben.

Ich ließ den Gerichtsmediziner seine Arbeit machen und wandte mich an Herrn Schmied.

„ Sie sagten es sei ein Überfall gewesen. Bis jetzt sieht es nur nach Mord aus." Sagte ich

„ Dann kommen sie mit, Herr Kommissar. Ich zeige Ihnen den Rest."

Wir gingen die Treppe wieder hoch ins Erdgeschoss und traten in den Flur. Ich folgte Herrn Schmied in einen Raum der wie das Wohnzimmer der Familie aussah. Auf Anhieb war zu erkennen, weshalb es sich offensichtlich um einen Einbruch gehandelt hatte. Die Schubladen waren aufgerissen und der Inhalt lag überall verstreut im Raum herum. Einige Bilder waren von der Kommode auf dem Fußboden gelandet. Ich vermutete, dass es sich bei der Frau auf den Fotos um die Leiche im Keller handelte. Eine junge Blondine mit strahlend blauen Augen und einem wunderschönen lächeln. Das kleine Mädchen daneben, war die Tochter, ebenfalls ein bildhübsches Ding. Sie hatte ein zuckersüßes Gesicht und haselnussbraunes Haar. Sie grinste in die Kamera und präsentierte stolz ihre Zahnlücken. Der Gedanke war grausam, aber sie hatte in diesem Moment sehr viel mit ihrer Mutter gemeinsam.

Auf den anderen Bildern im Raum waren es die gleichen Szenen, Mutter und Tochter lächelnd vereint. Eine Tragödie, wenn man darüber nachdachte, dass es keine weiteren Bilder der beiden geben würde.

Ich suchte nach Wertgegenständen, konnte aber keine finden. Es war also gut möglich, dass der Täter nicht nach etwas bestimmtem gesucht hat, sondern, vielmehr auf Schmuck oder Geld aus war. Aber warum nur dieser Raum? Die meisten bewahren ihre Wertgegenstände in Schlafzimmern auf, wieso wurde da nicht gesucht?

Vielleicht konnte mir der Ehemann ja mehr verraten. Ich ging wieder in den Flur zurück und anschließend nach draußen. Ich ging direkt zu den beiden Herren hinüber. Das kleine Mädchen lag weinend in den Armen des gut gekleideten Mannes und er versuchte sie zu beruhigen. Der andere stand teilnahmslos daneben und starrte auf die Bäume in der Auffahrt. Er verzog keine Miene. Er sah auch nicht so aus, als wenn er frieren würde, obwohl er immer noch sehr verschwitzt wirkte und es auch nicht gerade warm war. Ich schritt näher an sie heran.

„ Hallo, mein Name ist Kommissar Logat. Wer von Ihnen beiden ist Herr Kohlmann?"

„ Chris?", der Mann im feinen zwirn sprach in Richtung Jogger. „ Chris? Der Herr Kommissar spricht mit dir."

Chris zuckte kurz zusammen und dann sah er zu mir.

„ Natürlich", sagte er. „ Bitte verzeihen sie. Ich kann nur noch nicht fassen was hier", er stockte.

„ Mein herzlichstes Beileid, „ entgegnete ich, „wissen sie zufällig, wonach der Täter gesucht haben könnte?"

„ Nein, aber ich habe auch noch nicht nachgesehen, ob was fehlt."

„ Und wer sind Sie bitte?" fragte ich den Mann im Anzug.

„ Mein Name ist Alan Habock. Ich habe Marie gefunden und sie angerufen."

„ Ich möchte dem Mädchen und auch ihnen, Herr Kohlmann, im Moment nicht zu viel zumuten. Daher würde ich es begrüßen, wenn sie mir ins Revier folgen würden, Herr Habock, damit wir dort in Ruhe reden können."

„ Nein", Clara, die Tochter, nahm ihren Kopf hoch und blickte mich mit ihren roten und verweinten Augen an, „bitte nicht. Ich möchte nicht, dass er geht."

„ Aber Liebes, ich muss mit ihm darüber reden, was deiner Mama passiert ist," sagte ich „ Wir wollen doch den Mann bestrafen, der das gemacht hat. Bleib bitte bei deinem Papa, es wird auch bestimmt nicht lange dauern."

„ Ich möchte bei Alan bleiben! Er darf nicht gehen."

Ich blickte Frau Dr. Klingbeil an und nickte in Claras Richtung. Sie nahm sie sanft aus den Armen von Herrn Habock.

„ Hör zu Clara, Herr Habock muss leider mitgehen, aber wenn du möchtest bleibe ich bei dir." Frau Klingbeil sprach mit sehr sanfter Stimme.

„ Ja. Ok." Clara schluchzte.

Ich sah zu Chris Kohlmann, der sich nicht rührte und wieder geistesabwesend ins Leere starrte. Wahrscheinlich gab Clara ihm daran die Schuld, dass ihre Mutter tot ist, immerhin soll der Mann die Familie beschützen. In ihren Augen hatte er vielleicht versagt.

Ich hatte mein Büro so eingerichtet, dass ich vom Schreibtisch aus, durch das große Panoramafenster sehen konnte. Der Ausblick war herrlich. Draußen gab es einen kleinen See, der leicht gefroren war. Ein Wanderweg führte einmal um ihn herum und immer, wenn es die Zeit zuließ, dann jogge ich eine Runde um ihn herum. Acht Kilometer später, quäle ich mich dann hier im Revier unter die Dusche, setzte mich anschließend auf mein Ledersofa und guckte mir die ganzen Spinner an, die die Strecke noch vor sich hatten und trank dabei ein kühles Bier.

Heute strahlte der See eine wunderbare Ruhe und Stille aus.

Alan Huber saß auf meinem Sofa und hielt einen dampfenden Becher Kaffee in der Hand.

Ich stand halb angelehnt am Fensterrahmen daneben und sah ihn an.

„Wie ist der Kaffee?" fragte ich um das Gespräch ins Rollen zu bringen.

„Gut danke." Er sah jetzt zu mir auf.

„Können Sie mir bitte schildern, was passiert ist?"

„Gerne", er beugte sich nach vorne und stellte seinen Becher auf den Tisch.

„Die Post hat gestern bei mir ein Paket abgegeben, welches für Frau Kohlmann war. Also ging ich rüber zu Marie, um es ihr auszuhändigen. Als ich an der Tür ankam, sah ich dass diese offen stand, was ich im Oktober als sehr merkwürdig empfand. Also ging ich hinein und rief nach Marie. Ich wollte ja nicht, dass sie plötzlich um die Ecke kommt und mich für einen Einbrecher hält. Aber sie gab keine Antwort. Dann rief ich nach Clara. Sie kam aus ihrem Zimmer und ich fragte sie, wo ihre Mutter ist. Sie sagte, sie wäre im Keller, die Wäsche zusammenlegen."

„Haben Sie auch nach Ihrem Vater gefragt?" warf ich ein.

„Ja, sie sagte, er sei Joggen gegangen."

„In Ordnung und weiter?"

„Wir standen vor dem Wohnzimmer, was ich anfangs gar nicht bemerkte und ich sah hinein. Wie es darin aussah, haben sie ja selber gesehen."

Ich nickte und machte eine Geste um ihn zu signalisieren, dass er weitersprechen solle.

„ Naja", sagte er, „ Ich bat Clara im Flur zu warten und sah erst jetzt, dass auch die Kellertür ein Spalt weit offen stand und öffnete sie. Ich ging vorsichtig die Treppe hinunter und rief immer wieder ihren Namen. Sie gab keine Antwort. Wir wissen ja warum." Er unterbrach.

Wieder nickte ich.

Er trank einen Schluck Kaffee und erzählte weiter.

„ Ich kam am Fuß der Treppe an und sah zuerst nur das Bügelbrett und das viele Blut. Ich wurde panisch und hörte wie Clara von oben nach ihrer Mutter fragte. Ich sagte ihr, sie solle oben bleiben und auf keinen Fall runterkommen. Ich ging um das Bügelbrett herum und sah zunächst ein großes Brandloch, in dem darauf liegendem Hemd. Dahinter konnte konnte ich den zertrümmerten Kopf von Marie sehen. Zuerst hatte ich Schwierigkeiten damit, es zuzuordnen was ich da sah, aber so langsam begann ich es zu begreifen. Ich hielt mir die Hand vor den Mund, der Gestank wurde mir erst jetzt bewusst. Ich ging um das Brett herum und sah das gesamte Ausmaß der Grausamkeit. Mir wurde schlagartig schlecht und ich rannte die Treppe hoch, um mich zu übergeben. Ich konnte mich aber gerade noch zusammenreißen, als ich vor der Haustür auf die Knie ging. Clara stand wortlos hinter mir. Als ich mich wieder gefangen hatte, nahm ich mein Handy aus der Tasche und rief die Polizei an."

„Ist Ihnen sonst noch etwas besonderes aufgefallen? Vielleicht ein Fahrzeug, das nicht in die Nachbarschaft gehörte oder jemand der das Haus in jüngster Vergangenheit mal beobachtet hat?"

„Nein, ich glaube nicht."

„Haben Sie mit Herrn Kohlmann gesprochen? Hat er irgendwelche Auffälligkeiten erwähnt?"

„Chris ist selber erst kurz vor ihnen eingetroffen, Herr Kommissar. Ich hatte keine Zeit, um mit ihm zu sprechen oder ihm zu erklären, was passiert ist. Er weiß nur, dass sie Tot ist. – Oh mein Gott. Es wird ihn fertig machen, das zu erfahren. Er hat seine Frau so sehr geliebt." Er nahm noch einen Schluck aus seinem Becher. „Können Sie ihm die Einzelheiten bitte ersparen?"

„Leider nein", antwortete ich „Meine Pflicht ist es, den Täter zu ermitteln, da kann ich leider keine gesonderte Rücksicht nehmen. Ich verspreche Ihnen aber, dass ich so viele Dinge wie möglich unerwähnt lasse."

„Danke." Er erhob sich. „Ist das dann alles? Kann ich gehen?"

„ Ja, das wäre dann alles Herr Habock. Vielen Dank, dass sie mir ihre Zeit geopfert haben. Ich werde mich bei Ihnen melden, sofern ich noch Fragen habe, also halten Sie sich bitte auf Abruf."

„ Natürlich."

Ich trat einen Schritt näher an Herrn Habock heran und wir gaben einander zum Abschied die Hand. Ich konnte in seinem Blick sehen, dass es ihm sehr nahe ging, was mit Marie passiert ist, aber er trug es mit Fassung.

Ich schloss die Tür hinter ihm und nahm mein Handy heraus. Ich wählte die Nummer von Johann Schmied.

„ Hallo? Johann Schmied am Apparat", sagte er.

„ Hier spricht Michael Logat. Herr Schmied, sind Sie noch am Tatort?"

„ Ja. Was kann ich für Sie tun?"

„ Bringen Sie mir bitte den Herrn Kohlmann aufs Revier, ich möchte mit ihm sprechen. Ach und noch was, bitte erzählen Sie ihm nicht die grausame Wahrheit, ich möchte es ihm schonend beibringen. Oder habe Sie schon etwas erwähnt?"

„ Nein Herr Kommissar. Der arme Kerl starrt die ganze Zeit auf die Bäume."

Ich legte auf. Ja, der arme Kerl. Es wird nicht leicht werden, es ihm beizubringen, aber leider ist auch das ein Teil meines Jobs.

Herr Kohlmann und ich saßen im Vernehmungsraum Nummer 3. Er saß mir gegenüber und starrte apathisch auf den Tisch. Sowohl den Kaffee als auch das Wasser, welches ich ihm hingestellt hatte, rührte er nicht an. Er trug immer noch seine Joggingklamotten und roch auch ein bisschen unangenehm nach kaltem Schweiß. Seine Hände zitterten, obwohl es hier drin nicht sehr kalt ist. Auf seinen Fingern waren kleine Kratzspuren, als hätte er einen Dornenbusch beim Laufen gestreift.

„ Herr Kohlmann", ich sprach ihn mit ruhiger Stimme an. Er antwortete nicht, bewegte sich nicht, er hob nicht mal den Blick.

Zeit für Vollgas.

„ Haben sie auch nur einen Moment daran gedacht, dass sie ihre Tochter ganz allein lassen, wenn sie ins Gefängnis gehen?" Ich suchte den Blickkontakt.

"Ich meine, als sie ihrer Frau den Schädel zertrümmert haben!" Ich hatte genug von dem Schauspiel. „ Aber so wie es scheint, hat ihre Tochter ohnehin nicht so viel für sie übrig, nicht wahr?" Jetzt hob er seinen Kopf.

„ Wie können sie es wagen?" er flüsterte fast so leise, dass ich es kaum verstehen konnte.

„ Wie bitte?"

„Wie können sie es wagen?!" Jetzt schrie er. „Ich habe sie geliebt!"

„Natürlich haben sie das. Aber sie hat es ihnen nicht mehr erwidert, oder? Sie hatte einen Neuen, ließ sie nicht mehr an sich ran. Schlappschwanz!"

„Was?"

„So hat sie sie doch bestimmt immer genannt, nicht wahr? Schlappschwanz. Oder war es Versager?"

„Nichts dergleichen. Sie hat mich genauso geliebt wie ich sie. Ich weiß nicht wer ihr das angetan hat oder wieso."

„Aber ich." Er wich meinen Blicken aus. „Sie waren es. Und wollen sie auch wissen, woher ich das weiß?"

Jetzt kam er aus dem Quark. „Ja bitte. Klären sie mich auf."

„Neben der Leiche ihrer Frau im Keller lag ein Stapel Wäsche und auch auf dem Bügelbrett, auf welchem ihre Frau gerade bügelte, lagen sorgsam gefaltete Hosen. Aber nicht ihre, sondern nur die ihrer Frau. Welche liebende Ehefrau, dessen Mann die ganzen Zeit beruflich unterwegs ist und die eine Haushaltshilfe hat, wäscht und bügelt nur ihre eigene Wäsche?"

„Sie meinen, ich habe meine Frau getötet, weil sie meine Hosen nicht gewaschen hat? Sind sie irre?"

„ Nein, nicht wegen ihrer Hosen. Es lief wie folgt ab: Sie kamen mal wieder von einer längeren Dienstreise nach Hause. Ihrer Tochter zu liebe, haben sie sonst immer noch den netten Papi gespielt und Mami umarmt und geküsst, nur damit die Kleine ihren Freunden nicht erzählen musste, dass ihre Eltern Probleme haben. Aber zwischen ihnen beiden war es schon lange aus. Ihre Frau war heute jedoch nicht wie sonst im Wohnzimmer oder der Küche oder im Bett mit einem Anderen." Sein Blick fixierte jetzt meine Augen. Ich war also auf der richtigen Spur, „ Sie war im Keller. Sie gingen zu ihr herunter und bemerkten, dass sie ihre Hosen und Hemden bügelte, was sie sonst nie tat. Also sprachen sie sie darauf an und sie sagte ihnen wahrscheinlich, dass sie ihre letzten Sachen wäscht, bevor sie diese in den Koffer packt und auf nimmer wieder sehen verschwindet. In ihnen fing es jetzt an zu brodeln und sie sahen bereits ihre Felle davon schwimmen, doch dann holte sie zum vernichtenden Schlag aus, vermutlich ohne zu wissen, dass sie damit ihr Schicksal besiegelte. Aber sie wollte es ihnen noch mal so richtig zeigen. Sie würde ihre kleine Tochter mitnehmen und dafür sorgen, dass sie sie nie wieder sehen. Den Sorgerechtsprozess würden sie eh verlieren, denn wie ich schon sagte, ihre Tochter machte auf mich nicht den Eindruck, als wenn sie viel von ihrem

Papi hält. Sie waren zu oft nicht zu Hause. Ein paar richtige Worte von Mami und die kleine Clara erzählt dem Richter, wie sehr sie lieber bei ihrer Mutter bleiben würde.

Ihre Frau wollte sie zusätzlich noch ruinieren, nicht wahr? Alles würde sie ihnen nehmen. Sie sollten ausbluten und in der Gosse landen. Was haben sie bloß angestellt, dass ihre Frau sie so sehr hasste?" Er gab erwartungsgemäß keine Antwort.

Ich fuhr fort. "Ein paar bösartige Worte und Schimpftiraden später, hatten sie schon den Hammer in der Hand und noch bevor sie sich versahen, setzte ihr Verstand aus und sie schlugen auf sie ein. Wieder und immer wieder. Sie waren in einem regelrechten Blutrausch. Das nennen wir einen Overkill, so wie er nur bei Menschen passiert, die aus purem Hass töten. Aber um einen solch großen Hass zu erzeugen, muss derjenige der den Mord verübt, das Opfer aus tiefster Seele geliebt haben. Tatsächlich ist es so, und dafür lege ich drei Euro ins Phrasenschwein, entsteht der tiefste Hass, aus der größten Liebe.

Nachdem vom Kopf ihrer Frau dann nichts mehr über blieb und sie sich wieder gefangen hatten, wurde ihnen klar was sie getan hatten. Sie rannten die Treppe hoch, wuschen sich die Hände, das Gesicht und zogen die blutigen Klamotten aus. Dann fingen sie damit an, das Wohnzimmer zu verwüsten, damit es wie ein Einbruch aussieht. Dabei fegte sie die Bilder vom Schrank, auf welchen sie, nebenbei bemerkt, nicht auf einem einzigen zu sehen sind. Sie rissen die Schubladen auf und holten die Wertgegenstände raus. Anschließend gingen sie in ihr Schlafzimmer und zogen sich die Joggingklamotten an. Sie verpackten die Wertsachen und die blutgetränkten Kleider in einen Beutel und liefen ihre übliche Runde. Sie ließen die Tür offen stehen, nachdem sie diese noch ein bisschen bearbeiteten und dann warteten sie vor dem Haus, bis die Polizei eintrifft und täuschten vor, sie wären eben erst nach Hause gekommen. Unterwegs haben sie den Beutel bestimmt irgendwo im Wald verschachert, wodurch sie diese netten kleinen Schrammen an ihrer Hand haben? Wie sieht es aus? Bin ich auf dem richtigen Weg?"

Er sah mir weiterhin direkt in die Augen. Von seiner Apartheid war jetzt nichts mehr zu sehen. Er wirkte nun eher Angriffslustig.

„ Eine nette Geschichte, nur leider völlig aus der Luft gegriffen." Sagte er etwas zu überheblich.

„ Sehen sie, Herr Kohlmann, ich hätte ihnen die Geschichte mit dem Einbruch fast abgekauft. Das ihrer Frau der Schädel zertrümmert wurde, kann ich noch akzeptieren, immerhin gibt es genügend kranke Vögel da draußen, und auch das der Schmuck und das Geld aus dem Wohnzimmer verschwunden sind, hätte sehr gut ins Bild gepasst, aber..."

„ Aber was? Was macht mich hierbei zum Hauptverdächtigen?"

„ Naja, jemand der einbricht, stiehlt und so brutal mordet, der hat wohl nicht ganz so große Probleme damit, wenn das Haus abfackelt, in dem er gerade gewütet hat."

„ Wie meinen sie das?" Sein Gesicht wurde kreidebleich. Er wusste worauf ich hinaus wollte. Aber ich konnte es mir nicht verkneifen. Jetzt sah ich ihn mit *meinem* besten überheblichen Blick an, den ich zur Verfügung hatte.

„ Sie Schlaumeier haben den Stecker vom Bügeleisen aus der Wand gezogen, bevor sie hochgegangen sind. Das Brandloch im Hemd beweist, dass es noch angeschlossen war, während sie ihre Frau ermordet haben."

Volltreffer! Er sackte in sich zusammen.

„ Sie sind verhaftet Herr Kohlmann, bitte legen sie ihre Hände auf den Rücken. Ich überstelle sie in die Justizvollzugsanstalt Kiel, von dort aus können sie ihren Anwalt kontaktieren. Ich möchte sie noch darauf hinweisen, dass es klüger wäre, ab jetzt kein Wort mehr zu der Tat zu sagen, denn alles was sie mir oder anderen mitteilen, kann gegen sie verwendet werden."

Er stand auf, legte die Hände auf den Rücken und ließ sich ohne Widerworte von mir verhaften. Nachdem ich die Handschellen festgemacht hatte, verließen wir den Verhörraum und gingen hinaus zum Parkplatz.

II

Jedes Mal, wenn ich Johannes Dillei sehe, muss ich an diese beiden Figuren aus Alice im Wunderland denken. Er hat erstaunlich viel Ähnlichkeit mit Diddeldum oder Diddeldei. Er ist vielleicht eins sechzig groß und hat einen stattlichen Bauch. Von seinen Haaren sind ihm nur noch wenige geblieben. Er ist einer von denen, der beim Friseur eher für das Suchen als für das Schneiden bezahlen muss. Mal abgesehen von seinem Äußeren, ist er aber ein feiner Kerl. Keiner von denen, die dich anlächeln und dabei Arschloch denken. Hoffe ich zumindest.

Ich schob Chris Kohlmann vor mir her, während wir auf den Eingang zugingen. Er saß die ganze Fahrt über wie ein Häufchen Elend auf dem Rücksitz und sagte kein Wort. Ich konnte keine Trauer oder Reue erkennen. Vielleicht war der Hass auf seine Frau so groß geworden, dass es ihm egal war, was er mit ihr getan hatte, wobei ich denke, dass ihm erst jetzt langsam die Konsequenzen seiner Tat bewusst wurden. Er würde ins Gefängnis gehen und das auch für eine sehr lange Zeit. Es mag sein, dass es mildernde Umstände gibt, weil er es im Affekt tat, aber Mord bleibt Mord.

Johannes, oder wie wir ihn nennen, Joe, drückte auf den Knopf und die Tür sprang mit einem Summen auf. Wir traten ein und gingen zu seinem Tresen herüber.

„ Guten Tag Joe", ich stellte mich rechts neben meinen Gefangenen.

„ Hallo Micha", er gab mir die Hand und wandte sich dann an Chris. „ Was haben sie denn ausgefressen?"

Natürlich gab Herr Kohlmann auf die flapsige Frage keine Antwort, entweder weil er sich meine Worte bezüglich der Verschwiegenheit beherzigte oder weil er immer noch in seiner eigenen Welt war und nichts um ihn herum mitbekam.

„Das hier ist Chris Kohlmann, er wird ein paar Nächte bei euch bleiben. Wahrscheinlich werden es sogar ein paar Jahre. Ihr könnt also eine größere Anzahl an Bettwäsche für ihn bestellen und sobald er sich hier eingelebt hat, muss er noch seinen Anwalt kontaktieren."

„ Und warum ist er hier?"

„ Mord", antwortete ich trocken.

„ Oha, einer von den schweren Jungs."

„ Nein, ich denke nicht. Es war seine Ehefrau. Ich bin sicher, dass es die Letzte war, also blüht den anderen Insassen keine Gefahr."

„ Die eigene Frau. Es gibt nicht viele, die das durchziehen. – Gehen sie bitte da vorne durch und entkleiden sie sich. Ihre Wertsachen können sie in diesen Beutel stecken, sie bekommen es bei ihrer eventuellen Freilassung wieder zurück." Er reichte ihm einen Stoffbeutel. Ich musste mir ein lächeln verkneifen, immerhin war es heute das zweite Mal, dass er seine Klamotten und Wertsachen in einen Beutel stecken musste. „ Haben sie mich verstanden Herr Kohlmann?"

Chris nickte kurz und ging dann in den angrenzenden Raum.

„ Bist du sicher, dass er keine Gefahr darstellt? Ich habe da eine gewisse Verantwortung."

„ Ich kann es dir natürlich nicht mit hundertprozentiger Sicherheit versprechen. Ich würde ihn vielleicht nicht unbedingt in der Gefängniswäscherei arbeiten lassen, aber ansonsten, wirkt er auf mich nicht wie jemand, der aus Vergnügen tötet.", mir fiel Dana Kebeck wieder ein. „ Ganz im Gegenteil zu der Lady, die ihr heute früh eingesperrt habt. Die hat wohl ein paar Leichen mehr auf ihrem Konto."

„ Welche Frau?" Joe war sichtlich erstaunt. „ Hier wurde die letzten drei Wochen keine Frau eingeliefert."

„ Das verstehe ich nicht, Daniel hat heute Morgen eine Frau verhaftet, die für die Morde an den Prostituierten schuld sein soll." Ich war mir absolut sicher, dass der Kollege auf der Wache, es genauso erzählt hatte. „ Vielleicht ist sie ja außerhalb deiner Schicht hergebracht worden,

und du wurdest nur einfach noch nicht informiert."

„ Michael, ich bitte dich. Das hier ist kein Hotel, hier kommen und gehen am Tag keine 20
Leute. Jeder neue Insasse wird mir sofort gemeldet. Das solltest du wissen."

In meinem Kopf überschlugen sich die Gedanken. Wenn Dana hergebracht werden sollte,
es aber nicht wurde, was konnte das bedeuten?

„ Du solltest mal mit Daniel reden, vielleicht
hat sich die Sache ja auch zwischenzeitlich aufgeklärt und es war nicht mehr nötig, sie her zu
bringen."

„ Kann sein, aber dann hätte er doch bestimmt das Revier informiert, dass der wahre
Täter noch frei ist. Ich werde ihn nachher besuchen und fragen, was da los ist."

„ Mach das, ich kümmere mich derzeit um
unseren neuen Gast. Ich wünsch dir noch einen
schönen Tag."

Ich erwiderte seinen Gruß und ging hinaus
zu meinem Auto. Das ergab jetzt alles keinen
Sinn mehr. Sie wurde verhaftet und schreiender
weise aus dem Revier gebracht. Wie viele neue
Erkenntnisse konnte Daniel in der kurzen Zeit
überhaupt erhalten haben, in der er sie zur JVA
hätte bringen sollen. Und selbst wenn sie sich als
die Falsche rausgestellt hat, warum hat sie dann
noch keine Beschwerde eingereicht, angesichts

der Tatsache, dass Daniel ihr Gesicht zum Bluten gebracht hatte?

Ich setzte mich in meinen Ford und fuhr direkt in Richtung Dänischenhagen. Ich musste mit Dana sprechen und sehen ob es ihr gut geht.

III

Mein zweiter Besuch innerhalb von zwei Tagen bei Dana Kebeck, hatte dieses Mal noch weniger gebracht als beim ersten Versuch. Sie war nicht zu Hause, aber das überraschte mich nicht wirklich. Es muss ja nicht immer jeder zu Hause sein. Vielleicht war sie ja bei einem Rechtsanwalt und arbeitete mit ihm an einer Klage gegen die Stadt. Warum aber sollte sie ohne Auto da hin fahren? Das stand nämlich noch auf dem Parkplatz unseres Reviers. Ich fand, es war an der Zeit Daniel aufzusuchen und ihm ein paar Fragen zu stellen.

Daniel wohnt in einem kleinen Häuschen, im Kieler Stadtteil Kronshagen. Das Haus liegt ein bisschen weiter hinten, als das seiner Nachbarn. Wir verstehen uns zwar sehr gut unter Kollegen, aber er lebt lieber ein bisschen zurückgezogener. Er feiert keine Gartenpartys und auch ich wurde, außer um bei seinem Umzug vor vier Jahren, aus einer kleinen Kieler Innenstadtwohnung, zu helfen, noch nie zu ihm nach Hause eingeladen.
Obwohl sein Auto auf der Auffahrt stand, sah sein Haus verlassen aus. Die Fenster im Erdgeschoss und auch im oberen Teil waren dunkel und an den Rändern hatte sich leichter Frost gebildet. Das einzige Licht, das ich ausmachen

konnte, fiel durch ein kleines Kellerfenster. Ich konnte also sicher sein, dass er da war. Ich stieg aus meinem Auto, stellte den Kragen meines Mantels hoch, damit mir die Kälte nicht in den Nacken kriechen konnte und ging auf die Haustür zu. Ich klingelte.

Ich hatte erst gedacht, er hätte das Klingeln nicht gehört und wollte gerade das zweite Mal auf den Knopf drücken, als ich durch die kleinen Scheiben, die in der Tür angebracht waren, sehen konnte, wie im Haus das Licht eingeschaltet wurde. Kurze Zeit später ging die Tür auf und ein sichtlich überraschter Daniel blickte mir in die Augen.

„Micha? Was machst du denn hier?"

„Hallo Daniel, die Kollegen sagten mir, dass du heute früh eine Verhaftung hattest und danach nicht wieder zum Dienst erschienen bist. Ich wollte mich nur erkundigen, ob es dir gut geht."

„Du hättest auch anrufen können."

„Ich war eh gerade in der Gegend, darf ich reinkommen? Es ist kalt."

„Ähm, na klar. Du weißt ja, wo das Wohnzimmer ist."

Normalerweise ist Daniel ein sehr ruhiger und ausgeglichener Mensch. Er ist immer souverän. Ich habe ihn noch nie nervös oder beunruhigt erlebt, bis heute. Es schien, als wenn er versuchen würde etwas zu vertuschen. Das Verhalten war sehr untypisch für ihn.

Ich ging also an ihm vorbei und marschierte direkt ins Wohnzimmer. Ich war gespannt, wohin das noch führen würde und ich war noch viel gespannter darauf, was mit Dana Kebeck passiert war.

Ich ging auf das Sofa zu und setzte mich so hin, dass er mir gegenüber in seinem Sessel platz nehmen konnte, was er auch tat. Wir blickten uns einen Moment lang stumm an und ich glaube er wusste in diesem Moment bereits, weshalb ich da war. Er ließ es sich nicht anmerken, aber seine Körperspannung verriet mir, dass etwas nicht stimmte.

„ Weshalb bist du wirklich hier, Michael?" Er kam gleich zur Sache.

„ Ich bin neugierig." Entgegnete ich.

„ Und wie kann ich dir helfen deinen Wissensdurst zu stillen?"

„ Naja, es geht um Dana Kebeck. Sie ist irgendwie verschwunden."

„ Was heißt verschwunden? Ich habe sie heute Morgen verhaftet."

„ Das ist es ja, ich war in der JVA und die sagen, es sei seit drei Wochen keine Frau mehr eingeliefert worden. Du willst mir doch wohl nicht erzählen, dass du Dana in ein anderes Gefängnis gebracht hättest oder?"

Er war sehr unruhig und rutschte auf dem Sessel hin und her. Sein Blick glitt jetzt zu seinem Beistelltisch, neben seinem Sessel. Er tat das bestimmt nicht, um einen Fluchtweg zu suchen, denn die Tür, die aus dem Raum hinausführte, war direkt hinter mir. Wonach er also suchte, war vermutlich der Inhalt des Lederhalsters, der auf dem Tischchen lag. Ich zog meine Jacke etwas zurück, damit er sehen konnte, dass auch ich bewaffnet war.

Plötzlich schwang er nach links und griff zu dem Halster um seine Waffe zu ziehen. Während er die Sicherheitsschlaufe öffnen wollte, hatte ich meine P6 bereits gezogen und auf ihn gerichtet.

„ Das solltest du dir zweimal überlegen", er sah auf und erkannte, dass er keine Chance mehr hatte seine Waffe rechtzeitig auszupacken. Er ließ das Halster wieder auf den Tisch gleiten und lehnte sich in seinem Sessel zurück.

Es war purer Instinkt, dass ich so schnell reagieren konnte. Er hätte sich etwas ausdenken können, um mich kurzfristig wieder los zu werden, aber er zog es vor in die Offensive zu gehen. Aber warum tat er das? Jetzt war ich überzeugt davon, dass er etwas mit Dana gemacht hatte und vor ein paar Sekunden auch mich hätte verschwinden lassen wollen.

„ Wo ist sie?" fragte ich.

„ Wer?"

„Du weißt von wem ich rede!" Ich erhob mich. „Steh auf. Du wirst mich jetzt zu ihr führen."

„Einen Scheiß werde ich. Du solltest jetzt lieber verschwinden."

Einen kurzen Moment lang sahen wir uns an. Um uns herum herrschte Stille. Mal abgesehen davon, dass er versucht hat seine Waffe zu ziehen, hatte ich tatsächlich nichts gegen ihn in der Hand. Er hatte kein wirkliches Verbrechen begangen. Er log zwar im Bezug darauf, dass er Dana ins Gefängnis gebracht hätte, aber dass er sie festhielt, dafür gab es keine Beweise. Er konnte im Nachhinein behaupten, ich hätte ihn bedroht und deshalb wollte er seine Pistole ziehen. Immerhin bin ich zu ihm gekommen und das nur mit einem bloßen Verdacht.

„Hilfe!" Der Schrei zerriss die Stille. Es war eindeutig der Hilferuf einer Frau. Augenblicklich stürzte Daniel wieder zu seinem Halster. Ich feuerte einen Warnschuss auf die kleine Lampe auf dem Tisch, die durch die Kugel in viele kleine Teile zersprang und auf dem Boden landete. Daniel hielt sofort inne und dreht sich zu mir um.

„Wo ist sie? Ich frage dich das jetzt das letzte Mal." Er schwieg jetzt. „Wir gehen einfach mal in deinen Keller, in das Zimmer, in dem vor meiner Ankunft als einziges Licht brannte. Na los, vorwärts." Ich zeigte ihm mit meiner P6 den Weg.

Bevor wir in den Flur gingen, nahm ich mir seine Waffe und steckte sie ein. Anschließend gingen wir in den Keller, er vorweg, ich mit gezogener Waffe hinter ihm her. Der Treppenabgang war dunkel, so dass ich nur einen leichten Lichtschimmer erkennen konnte, der aus dem beleuchteten Zimmer kam.

„ Bitte helfen sie mir. Er will mich umbringen." Es war Danas Stimme, daran bestand jetzt kein Zweifel mehr. Sie kam aus der Richtung in der das Licht zu sehen war. Ich hatte sie zwar nur kurz an ihrer Haustür hören können, als ich bei ihr gewesen war, um sie über den Tot ihres Mannes aufzuklären, aber die Tonlage kam mir bekannt vor.

Ich schlug hart auf dem Kellerboden auf und sah plötzlich nur noch Sterne. Ich hatte mich so sehr auf die Herkunft der Stimme konzentriert, dass ich nicht rechtzeitig reagieren konnte, als Daniel mich am Arm packte und mich nach vorne zog, so dass ich das Gleichgewicht verlor und nach unten fiel.

Ich brauchte ein paar Sekunden bis ich wieder zu mir kam. Daniel war verschwunden und der Keller lag, bis auf das kleine Licht, welches unter der Tür rechts am Ende des Ganges hindurch schien, dunkel und bedrohlich vor mir. Ich hatte natürlich nicht mitbekommen, wo Daniel hingelaufen war oder wo er sich versteckte. Ich richtete mich auf und ging mit gezogener Waffe auf die Tür zu. Dana war verstummt. Vermutlich hatte sie die lauten Geräusche gehört und war sich nicht ganz sicher, wer gleich zu ihr herein kam.

Die Bedrohlichkeit, welche die Stille hier unten verbreitete war unglaublich intensiv. Sowohl Daniel als auch ich, sind während unserer Ausbildung hervorragend unterrichtet worden, was den Nahkampf und den Umgang mit Waffen angeht. Es war also möglich, dass er sich in der Dunkelheit versteckte und auf den nächsten Angriff lauerte. Vielleicht ist er aber auch die Treppe wieder hoch gerannt und wartete oben auf mich oder er hat das Weite gesucht. Egal wie, er war eine Bedrohung.

Langsam setzte ich einen Fuß vor den Anderen, die Muskeln angespannt, jederzeit bereit auf einen Angriff zu reagieren und mich zu verteidigen. Ich erreichte schließlich die beleuchtete Tür. Die Chance, dass er dahinter lauern könnte um im nächsten Moment auf mich loszustürmen oder mich mit einer gezogenen Waffe über den Haufen zu schießen, war natürlich nicht gering, aber das Risiko musste ich eingehen. Er könnte auch einfach hinter mir auftauchen und mich übermannen.

Ich öffnete die Tür. Mit einem schnellen Schritt stand ich im Raum und zielte mit meiner Waffe in jede Ecke des Zimmers. Daniel war nicht im Raum, dafür aber Dana. Sie saß angebunden in der Ecke und ihr Gesicht war mit verkrustetem Blut übersäht. Sie sah mich mit ängstlichen Augen an. Ich ging zu ihr und löste ihre Fesseln. Sie zog sich sofort zurück und drückte sich an die Wand.

„ Bitte beruhigen sie sich, Frau Kebeck. Mein Name ist Michael Logat, ich bin von der Polizei und möchte sie hier rausholen."

Sie blickte mich an, kam mir aber nicht entgegen. Sie hatte immer noch Angst davor, dass ich ihr etwas antun könnte.

„ Können sie aufstehen?" Sie nickte, dann erhob sie sich. Etwas wacklig auf den Beinen gingen wir langsam auf die Tür zu. Ich hielt inne und sah mir die Wand an. Es hingen viele Fotos an der Wand und einige davon kannte ich. Es waren ein paar Männer, die ich aus früheren Fällen kannte, die aber allesamt spurlos verschwunden waren und auch ein paar Frauen, die denen im aktuellen Fall von Daniel ähnlich sahen. Die Prostituierten, die verschwunden sind. Er hatte also etwas damit zu tun. Wenn Daniel für diese zahlreichen Morde verantwortlich war, zu denen die Bilder gehörten, dann war die Chance sehr hoch, dass er versuchen würde Dana und mich daran zu hindern, dass Haus zu verlassen. Wir mussten also schnell handeln. Ich griff die Hand von Dana und zog sie zur Tür.

„ Wir müssen hier weg!"

IV

Auf dem Weg zur Tür fiel mir dieses Buch auf. Es lag aufgeklappt auf einem kleinen Campingtisch, der vor der Bilderwand stand. Ich wusste zwar in diesem Moment nicht, ob es ein Beweismittel war, aber da es handschriftlich verfasst wurde, ging ich von einem Notizbuch aus. Ich nahm es im vorbeigehen vom Tisch.

Durch die offene Tür konnte ich sehen, dass es im Flur immer noch dunkel war, was jedoch nicht unbedingt ein Grund war, davon auszugehen, dass Daniel nicht irgendwo dort sein könnte. Er hätte sogar leichtes Spiel gehabt, wenn wir aus einem beleuchteten Raum gekommen wären und er uns aus der Dunkelheit anvisiert hätte. Ich schaltete das Licht aus und wir traten vorsichtig in den Gang. Meine Anspannung wuchs, denn ich konnte absolut nichts sehen. Ich wusste, dass wir nach links mussten, um zur Treppe zu kommen, wollte aber nicht zu schnell vorpreschen. Wir gingen langsam weiter, doch plötzlich spürte ich einen warmen Hauch in meinem Nacken. Ich blieb stehen und wollte mich gerade umdrehen, als mein Kopf zurückgerissen wurde. Meine Kehle schnürte sich zu und ich versuchte nach Luft zu schnappen. Ein Seil war um meinen Hals gelegt worden und Daniel zog daran. Vor meinen Augen explodierten Sterne und ich schlug wild um mich. Mit meinem Ellenbogen, den ich mit letzter Kraft nach hinten Schlug, traf ich ihn. Der Druck um meinen Hals ließ schlagartig nach und ich konnte hören, wie Daniel vor Schmerz ausatmete. Vielleicht hatte ich ihm sogar eine Rippe gebrochen, denn es gab ein lautes knacken. Ich sog gierig die Luft in meine Lungen. Während ich versuchte wieder klar zu kommen, hörte ich wie sich Dana in der Dunkelheit gegen Daniel warf. Sie hatte sich am Stöhnen orientiert. Er verlor das Gleichgewicht, fiel nach hinten und traf dabei den Lichtschalter. Im Raum wurde es hell und meine Augen konnten sich nicht so schnell daran gewöhnen. Dana reagierte schneller als ich und zog mich in Richtung Treppenaufgang. Ein Schuss peitsche an unseren Köpfen vorbei und schlug neben uns in die Wand ein. Daniel hatte sich zwischenzeitlich wohl eine Waffe von oben geholt. Hätte er mal gleich geschossen, aber er musste ja versuchen uns zu erdrosseln.

Wir kamen oben an und schlugen die Kellertür hinter uns zu, um uns Zeit zu verschaffen. Wir rannten durch die Haustür und liefen die Auffahrt hoch. Auf dem Weg zu meinem Ford kramte ich in meiner Tasche nach dem Autoschlüssel. Ich bekam ihn zu fassen und drückte auf den Türöffner. Dana und ich stiegen ein und ich startete den Motor. Ein weiterer Schuss schlug in die hintere Seitenscheibe ein und diese zersprang augenblicklich in seine Einzelteile. Ich drückte das rechte Pedal durch und wir fuhren mit quietschenden Reifen los.

„Scheiße!" Als wir auf die Hauptstraße abbogen, bemerkte ich, dass ich das Buch hatte fallen lassen, als mich Daniel von hinten packte. Ich schlug vor Wut auf das Lenkrad ein.

„Was ist?"

„Das Buch! Ich habe es im Keller gelassen, verdammt."

„Das hier?" Dana hob ihre rechte Hand und präsentierte mir das Buch. Ich war erleichtert. Ich wusste zwar in diesem Moment noch nicht, wie wichtig es für uns sein würde, aber es hätte mich mehr als geärgert, wenn ich es nicht mehr gehabt hätte.

Sie schlug es auf und bekam große Augen. „Es ist von Mike."

„Wie bitte?"

„Das Buch, es ist von meinem Mann, Mike."

„Wie kommt Daniel an ein Buch von ihrem Mann? Hatten die beiden etwas miteinander zu tun?"

Sie antwortet nicht, sondern begann zu lesen. Es dauerte nicht lange, da fing sie an zu schluchzen und ich konnte sehen, wie ihr Tränen über das Gesicht liefen.

„Ist alles in Ordnung?" Fragte ich.

Sie schloss das Buch und legte es in ihren Schoß. Sie blickte aus dem Seitenfenster und fing bitterlich an zu weinen. Ich fühlte mich hilflos, denn ich konnte nicht verstehen, was da gerade passierte. Ich dachte, dass die letzten Stunden, in denen sie dem Tode ins Auge blicken musste, jetzt von ihr abfallen würden. Ich wusste zu diesem Zeitpunkt ja noch nicht, dass sie gerade den Mord an ihrem eigenen Mann, in allen Einzelheiten gelesen hatte.

V

Mein erster Gedanke war, dass wir uns ins Revier begeben und von dort aus unsere nächsten Schritte planen sollten. Ich wollte aber das Risiko nicht eingehen, dass es dort vielleicht noch mehr Kollegen gab, die mit Daniel unter einer Decke steckten. Zu Dana oder zu mir nach Hause zu fahren, war ebenfalls keine gute Idee, denn wir wären auch dort ein leichtes Ziel gewesen. Also fuhren wir hinaus aus der Stadt und suchten uns dort ein Hotel. Wir bezahlten Bar und nahmen den Schlüssel in Empfang. Als wir das Zimmer betraten, legte Dana das Buch behutsam auf das Bett und ging direkt ins Badezimmer. Ich war besorgt und starrte für einen kurzen Moment auf die Tür, die sie gerade hinter sich in Schloss warf. Einen Augenblick später konnte ich das rauschende Wasser der Dusche hören.

Ich setzte mich auf den Stuhl in der Ecke und schlug das Buch auf. Ich war schockiert, als ich sah, was Dana kurz vorher bereits gelesen hatte. Jetzt verstand ich ihre Reaktion und auch den Grund dafür, weshalb Daniel dieses Buch hatte. Mehr und mehr erschlossen sich mir die Zusammenhänge und ich hatte jetzt genug in der Hand um Daniel zu verhaften, aber wer war dieser ominöse Ahab? Ich las Zeile für Zeile und

Wort für Wort aufmerksam durch, ich konnte jedoch keine vernünftigen Hinweise finden.

„ Haben sie was nützliches gefunden?" Dana stand plötzlich vor mir und ihre Frage riss mich aus meinen Gedanken.

Das verkrustete Blut war verschwunden. Jetzt konnte ich sehen, dass sie keine leichte Zeit in dem Keller hatte. Ihr linkes Auge leuchtete in allen Farben des Regebogens, obwohl sie wohl schon versucht hatte, es mit Schminke zu überdecken. Ihre Lippen und Nase waren angeschwollen, vermutlich hatte Daniel ihr letztere sogar gebrochen.

Trotz ihrer Blessuren, konnte ich erkennen, dass sie eine sehr hübsche Frau war und unter ihrem Hotelbademantel, das einzige Kleidungsstück, welches sie trug, konnte ich die perfekte Symmetrie ihres Körpers erahnen. Ich schämte ich dafür, dass ich in dieser Situation ein bisschen geil wurde.

„ Ich bin etwas schlauer als vorher, aber leider ist nichts dabei, was uns weiter bringen würde."

Sie starrte auf das Buch in meiner Hand. Ich fühlte mich ein bisschen ertappt. Es war immerhin irgendwie ein Tagebuch ihres Mannes, aber andererseits, ließ unsere aktuelle Lage, in der wir uns befanden, keine Höflichkeiten zu. Ich konnte also keine Rücksicht nehmen.

„ Ich will den Mann töten, der Mike umgebracht hat" Ihre Augen spiegelten Entschlossenheit wieder.

„ Die Chance wurde uns leider genommen.
Das hat nämlich ihr Peiniger schon getan."

„ Und jetzt?"

„ Ihr Mann hat geschrieben, dass er belasten-
des Material gefunden hätte, über einen Herren
Namens Ahab. Hat er ihnen gegenüber mal etwas davon erwähnt?"

„ Ahab? Nein. Was ist das überhaupt für ein
Name?"

„Mike erwähnte, dass er bereits einen Namen
zu den Morden an den Prostituierten gefunden
hätte und Daniel beschreibt diesen später mit
Ahab. Ich denke, dass ihr Mann ihm dicht auf
den Fersen war, denn sonst, und bitte verzeihen
sie mir das Folgende, wäre er bestimmt nicht
zum Ziel geworden."

„ Warum gehen wir nicht zur Polizei? Ich
weiß zwar, dass sie auch Polizist sind, aber es
würde doch bestimmt schneller gehen, oder?"

„ Nach der Aktion mit Daniel, weiß ich leider
nicht mehr wem ich noch trauen kann."

„ Also müssen wir das jetzt zu zweit durchziehen?"

„ So sieht es aus."

„ Gut. Dann erzählen sie mir bitte alles, was
sie herausgefunden haben."

Ich erzählte ihr die Zusammenfassung dessen, was in diesem Skript hier steht, ließ die eine oder andere Grausamkeit allerdings aus. Sie wirkte unheimlich entschlossen, denn ihr Blick wich meinem in keiner Sekunde. Als ich fertig war, lehnte sie sich zurück und dachte nach. In diesem Moment hatte ich bereits den Entschluss gefasst, dass ich diese Geschichte fortführen würde.

„Wir müssen zu diesem Hank. Ich gehe jede Wette ein, dass er ihn uns beschreiben kann, vielleicht hat er sogar einen Namen." Sie guckte mir direkt in die Augen.

„Das ist keine so gute Idee. Wir sind nur zwei und werden höchstwahrscheinlich im Kanal gelandet sein, bevor wir auch nur `Hallo` sagen können. Ich gehe davon aus, dass Hank und seine Konsorten bereits über den aktuellen Stand informiert wurden."

„Das heißt, die Einzigen, die uns Informationen liefern könnten, sind gleichzeitig die, die wir nicht befragen können, weil wir dann draufgehen?"

„Naja, fast."

„Wieso fast? Wen gibt es denn noch?"

„Außer Herrn Minning selbst? Wie wäre es mit dem Gerichtsmediziner? Ziehen sie sich was an, wir müssen uns beeilen!"

VI

Als wir in Laboe ankamen und in die Hansastraße einbogen, drosselte ich das Tempo. Ich wollte vorsichtig sein, denn es war gut möglich, dass auch Daniel diesen Einfall hatte und uns zuvor gekommen war. Ein paar hundert Meter weiter hielt ich an, um die Auffahrt des Hauses von Dr. Kontz sehen zu können. Weder vor seiner Tür, noch vor dem Haus an der Straße, konnte ich den BMW von Daniel ausmachen, also fuhr ich bis vor die Haustür. Dana und ich stiegen aus und auch hier konnte ich nichts verdächtiges bemerken. Ich klingelte. Emily, die siebenjährige Tochter von Florian, öffnete uns die Tür.

„ Hi Süße. Weißt du noch wer ich bin?" fragte ich.

„ Ja, du bist Michael." Sie grinste, und ihre Zahnlücken kamen zum Vorschein.

„ Ist dein Papa da?"

„ Ja. Wer bist du?" Emily zeigte auf Dana.

„ Ich bin Dana, eine Freundin von Michael."

„ Wer ist da an der Tür, Emily?" Die Frage kam aus dem Inneren des Hauses. Kurze Zeit später erschien Nina, Florians Frau, an der Tür. „ Micha, was führt dich denn hier her?"

„ Hallo Nina, ich muss unbedingt mit Florian sprechen. Es ist sehr wichtig."

„Er ist in seinem Herrenzimmer. Ihr könnt durchgehen." Sie lächelte. Florian hatte sich vor zwei Jahren ein Herrenzimmer eingerichtet. Hier hortete er seine Playstation, Xbox und was weiß ich nicht noch alles. Er hatte vier dicke Lazysessel von denen aus er perfekt auf seine Leinwand schauen konnte, die von einem schweineteuren 3D-Beamer beleuchtet wurde. Ich wollte auch so was, aber ich müsste dafür, ironischerweise, ein paar Etagen tiefer arbeiten.

Wir traten in das Zimmer ein und Florian saß mit dem Controller in der Hand und spielte irgendein Onlinespiel. In seinem Ohr hatte er einen Stöpsel, womit er sich mit anderen Spielern unterhalten konnte. Er unterbrach sein Spiel, als er uns reinkommen sah.

„Was verschafft mir die Ehre?" Wir standen neben der Leinwand, so dass er uns direkt ansehen konnte.

„Ich muss mit dir reden, es ist wichtig."

„Was ist denn so wichtig, dass du mich zu Hause und nicht in der Pathologie besuchen kommst?"

„Es geht um Daniel Minning."

„Ist ihm was passiert?" Ein leichtes Lächeln huschte über sein Gesicht.

„Nein." Das lächeln war wieder weg.

„ Wir sind ihm auf der Spur und ich weiß aus einer sehr zuverlässigen Quelle, dass du Informationen für uns haben könntest."

„ Was für Informationen? Wer erzählt so einen Scheiß?"

„ Naja, Daniel."

„ Hä? Wie? Das verstehe ich nicht."

„ Es dauert zu lange, es dir zu erklären. Ich fasse mal zusammen. Ich habe rausbekommen, dass Daniel sehr düstere Geheimnisse hat und dass er jemanden dabei hilft Mordopfer zu beseitigen. Ich weiß auch, dass er dich ebenfalls mit eingespannt hat. Er bedroht deine Familie und hat dich dadurch in der Hand. Es gibt da jetzt bloß ein Problem. Ich wollte ihn stellen und er konnte fliehen. Daher, dass er jetzt aufgeflogen ist, halte ich es für es für wahrscheinlich, dass er außer Kontrolle ist. Es kann also sein, dass er jederzeit hier auftaucht, um dich als Zeugen zu beseitigen. Also erzähl mir, ob du etwas gefunden hast oder weißt, was mich weiterbringen kann und dann schnapp dir deine Familie und verschwinde aus der Stadt."

„ Oh mein Gott." Er wurde blass. Seine Hände fingen an zu zittern und sein Blick wanderte irr umher.

„ Reiß dich zusammen Flo! Uns rennt die Zeit davon!" Ich verpasste ihm eine Ohrfeige und er fing sich wieder.

„Ich kenne seinen Auftraggeber nicht, aber er ist ein kranker Sadist, das kann ich dir sagen. Er ist so abartig, dass man fast behaupten könnte, er hätte die Hälfte unsere Arbeit schon vorher selbst erledigt bevor die Leichen in der Pathologie eintreffen, wenn du weiß was ich meine."

Ich nickte. „Diese Infos sind mir schon bekannt. Ich brauch was Neues!"

„Aha, ok. Aber das hier wusstest du bestimmt noch nicht, weil ich der Einzige bin, der darüber bescheid weiß. Außer der Täter natürlich. Der weiß es definitiv auch."

„Und was?"

„Ich fand in jedem Magen der zwölf Damen ein gefülltes Kondom."

„Gefüllt? Womit?"

„Mit Sperma. Und ich würde wetten, dass es vom Täter stammt."

Das wusste ich tatsächlich noch nicht und Daniel scheinbar auch nicht, zumindest hatte er es hier nicht erwähnt.

„Du glaubst also, er zwingt die Frauen es zu schlucken?"

„Ich glaube Zwang ist der falsche Begriff. Die meisten von denen werden sich nicht mehr großartig gewehrt haben."

Er stand auf und ging zu einem der Schränke, die an der hinteren Wand standen und holte einen Ordner heraus, den er mir übergab. Er hatte eine beachtliche dicke und war gefüllt mit allem, was Florian eigentlich nicht wissen sollte oder zumindest nicht besitzen dürfte. Ich überflog die Notizen und bemerkte, dass er alle Wunden bis ins Detail aufgeführt hatte. Er hatte sogar eingetragen, dass die Würgemale am Hals der Opfer eventuelle nicht von dem Täter verursacht wurden, der für die Schändung der Frauen verantwortlich war.

Er hatte zusätzlich zu allen Prostituierten noch die zahlreichen Morde an den Personen detailliert aufgeführt, für die Daniel vor der Zusammenarbeit mit Ahab mitgewirkt hatte. Zumindest von denen, die er nicht spurlos verschwinden ließ.

„ In der Akte steht alles, was ich herausfinden konnte. Wenn Daniel weiß, dass dieser Ordner existiert, bin ich definitiv ein toter Mann."

„ Keine Sorge, wir schnappen uns dieses Schwein vorher."

„ Wenn du nichts dagegen hast, dann würde ich Nina bitten, dass sie die wichtigsten Sachen schon mal zusammen sucht, damit wir verschwinden können." Florian ging bereits auf die Tür zu.

„ Natürlich", sagte ich. „ Wir warten bis ihr weg seid."

Florian ging zur Tür heraus, auf der Leinwand lief ein Counter ab, der aussagte, dass er gleich aus dem Spiel geschmissen wurde, wenn er nicht auf Start drücken würde. Ich hoffte nur, dass es kein Wink des Schicksals war.

VII

Zwanzig Minuten später räumte Familie Kontz ihre Koffer in ihren Porsche Cayenne. Während Nina und Florian die wichtigsten Sachen zusammensuchten saßen Dana und ich immer noch in seinem Herrenzimmer. Der Ordner lag aufgeschlagen auf meinen Schoß und ich suchte nach Hinweisen darauf, wie wir Ahab ausfindig machen konnten. Wir hörten wie sich die beiden stritten. Nina konnte es nicht verstehen, dass sie das Haus räumen mussten und Florian wollte nicht so recht mit der Sprache rausrücken weshalb.

Die DNA Spuren, die Florian aus den Kondomen entnommen hatte, wurden zwar von einem Freund von ihm im Labor untersucht und auch bewertet, es konnte aber niemand zu dem Treffer zugeordnet werden. Ahab war also polizeilich noch nicht in Erscheinung getreten. So langsam gingen mir die Ideen aus und es war auch nichts weiter in den Unterlagen zu finden. Wir waren in einer Sackgasse.

Dana saß neben mir in einem der Lazysessel und schien irgendwie abwesend zu sein. Doch plötzlich hatte sie einen Einfall.

„ Sie haben doch Diensthandys auf ihrer Wache oder?"

„ Ja wieso?"

„ Können sie die nicht über GPS abfragen? Ich meine, wenn einer ihrer Kollegen mal aus irgendeinem Grund verschwindet oder so, dann ist es doch möglich ihn darüber zu finden."

„ Das stimmt, aber das geht nur über die Personalabteilung, und dafür müssten wir Kontakt mit dem Revier aufnehmen und erklären, warum wir ihn suchen und es gibt da noch immer die Situation, dass wir nicht wissen, wer für ihn arbeiten könnte."

„ Mist, egal was wir versuchen, es landet immer im nirgendwo. Es muss doch eine Möglichkeit geben ihn zu finden!"

Florian steckte den Kopf zur Tür rein.

„Wir wären dann so weit", sagte er.

Nina, Emily und Florian stiegen in den Porsche und fuhren langsam die Auffahrt runter. Auf unserer Höhe hielt er an und machte das Fenster runter.

„ Versprichst du mir, dass du ihn kriegst?" Er klang besorgt, was auch Nina nicht entging. Sie guckte gleich etwas interessierter zu mir herüber.

„ Wen zu kriegen? Flo was ist hier los?" Fragte sie besorgt.

„ Ich erkläre dir alles später Schatz. Jetzt müssen wir hier erstmal verschwinden."

Ich reichte Florian die Hand und sah ihm direkt in die Augen. Ich hoffe er konnte meine Entschlossenheit sehen. „ Ich verspreche es. Ihr seid bald in Sicherheit. Besorg dir ein Prepaid Handy und schick mir die Nummer per SMS. Dein Handy schaltest du aus, damit man dich nicht anpeilen kann. Ich melde mich, sobald die Sache erledigt ist."

Er nickte mir zu, machte das Fenster zu und fuhr mit seiner Familie davon.

„ Große Worte Michael. *Jetzt müssen wir nur noch Daniel finden.*" Sie hatte Recht mit ihrem Einwand.. Das Einzige was mir einfiel, war dass wir nach Suchsdorf fahren und in der Gegend dort überall klingeln, wo ein dunkler Audi A3 vor der Tür parkt, um die Wohnung von diesem Steven zu finden. Es war immerhin gut möglich, dass es dort noch Hinweise geben konnte, die wir mit Ahab in Verbindung bringen konnten.

Es war allerdings schon recht spät und auch dunkel, wir hätten erst am nächsten Tag danach suchen können. Apropos dunkel, mir fiel auf, dass es plötzlich sehr hell um uns herum war und das Licht kam von da, wo die Haustür war. Im gleichen Moment spürte ich etwas kaltes an meinem Hals.

„ Wie wäre es, wenn ich euch finden würde?" Daniel musste sich irgendwann ins Haus geschlichen haben und hatte jetzt den Überraschungseffekt ausgenutzt um uns zu überrumpeln. Irgendwie war das bis jetzt noch nicht mein

Tag. Dana stand mit aufgerissenem Mund neben mir und war genauso überrascht wie ich.

„ Wie bist du in das Haus gekommen?" Fragte ich.

„ Ich war schon länger hier. Ich wusste, dass ihr irgendwann hier auftauchen würdet und ich war kurz versucht früher aus meinem Versteck zu kommen, aber da konnte ich hören, wie ihr über diesen Ordner da in deiner Hand gesprochen habt und beschloss mir das bis zum Ende anzuhören."

„ Verdammter Scheißkerl!" In mir stieg die Wut auf, aber es wäre unvernünftig gewesen, sich jetzt zur wehr zu setzen.

„ Was soll das jetzt werden?"

„ Mein Boss würde euch beide gerne kennen lernen. Wenn es nach mir ginge, hätte ich euch jetzt gleich erledigt, aber er hat andere Pläne." Er stieß mich etwas unsanft nach vorne in Richtung meines Autos. „ Ihr beide sitzt vorne, ich nehme hinten Platz."

Widerwillig holte ich meinen Schlüssel aus der Tasche und entriegelte die Türen. Wir stiegen ein, Dana auf den Beifahrersitz und ich hinter das Lenkrad. Daniel nahm auf der Rücksitzbank Platz, wobei er uns keinen Augenblick aus den Augen ließ.

„ Fahr los!"

„ Wohin?"

„Das werde ich dir dann schon sagen. Fahr!"
Er schlug mir leicht mit der Waffe auf den Hinterkopf. Ich sah kurz Sterne, dann legte ich den Rückwärtsgang ein und fuhr vom Hof. Ich konnte im Augenwinkel sehen, wie ein Beutel auf Danas Schoß landete.

„Handy und Waffen in den Sack." Dana reagierte zögerlich. „Na los! Sonst überleg ich es mir noch mal, ob ich euch nicht doch gleich abknalle."

Ich griff in meine Hosentasche und holte mein Handy raus. Dana tat das gleiche. Anschließend nahm ich meine P6 und gab sie Dana. Sie legte alles in den Beutel und reichte ihn zu Daniel nach hinten. Er zog ihn ihr aus der Hand und warf ihn anschließend in den Fußraum auf der hinteren Beifahrerseite.

„Ich will dich nicht nerven, aber wohin soll ich fahren?" fragte ich in meinem sarkastischsten Tonfall.

„Du fährst erstmal Richtung Kiel zurück."

Ich fuhr wieder auf die Hauptstraße und anschließend auf die B502 in Richtung Kiel.

„Du hältst dich wohl für besonders schlau, was?" Ich hatte schon befürchtet, dass diese Fahrt ohne Gespräche verlaufen würde, bis er das Wort ergriff.

„Was meinst du?"

„ Familie Kontz. Du hast sie aufgefordert die Stadt zu verlassen. Sehr clever."

„ Danke. Das war aber nicht ganz so anspruchsvoll, wie es sich jetzt anhört."

„ Stimmt und weil ich auch ein bisschen denken kann, war ich dir da schon einen Schritt voraus. Sobald ich euch beim Boss abgeliefert habe und der mir sagt, was ich mit euch machen soll, erledige ich Florian, seine liebe Frau und seine süße kleine Emily."

„ Wie willst du das anstellen?"

„ Es war doch klar, dass du versuchen würdest, die Drei in Sicherheit zu bringen. Also habe ich einen Peilsender an seinem Porsche festgemacht. Wieso hätte ich sie sonst laufen lassen sollen?" Ich schluckte, dass hatte ich nicht erwartet. Ich überlegte fieberhaft, was ich machen sollte. Mir fiel aber nichts ein.

„ Hör zu Daniel, du musst das nicht tun. Wenn du uns hilfst Ahab zu stellen, dann kann ich für dich einen Deal aushandeln."

Er fing laut an zu lachen. „ Wozu? Wenn ich euch beide und die Familie Kontz los bin, sind wir wieder bei null. Ich kann meinen Job weitermachen, und Ahab den seinen."

„ Sie sind krank!" Dana klang sehr wütend.

Ihr Kopf wurde zurückgerissen und sie gab würgende Geräusche von sich. Er hatte seine Hände von hinten um ihren Hals gelegt und zog.

„ Ich bin nicht krank, Dana. Jemanden zu töten ist eine Entscheidung, kein Geisteszustand. Wir sind Herdentiere, es liegt also in unserer Natur, dass die Stärkeren die Schwächeren dominieren und gegebenenfalls aussortieren. Den meisten wird schon schlecht, wenn sie eine Leiche nur sehen. Wir haben durch Intelligenz gelernt unsere Instinkte so zu beherrschen, dass leider auch die Natürlichkeit des Sterbens als bedauernswert und teilweise ekelhaft empfunden wird. Dabei muss man sich nur entscheiden, jemanden zu töten und solche Dinge wie „damit zu leben, dass man jemanden getötet hat" sind Unsinn, wenn man überzeugt davon ist, dass es das Richtige war." Er ließ ihren Hals los. Sie versuchte so weit wie möglich nach vorne zu rücken, damit er sie nicht mehr packen konnte. Ich sah, dass sich ihre Augen mit Tränen füllten und das ihr Dekolleté ganz rot war. Sie hielt ihre Hände jetzt schützend davor. " Und jetzt habe ich beschlossen, dich am Leben zu lassen."

Mein Wut stieg fast ins Unermessliche. „ Und du bist überzeugt davon, dass es das Richtige war, diese armen Mädchen zu ermorden?"

„ Ermorden?" Die Dramaqueen auf dem Rücksitz machte eine theatralische Geste. " Wieder so ein Wort, das impliziert, es sei falsch, sie getötet zu haben." Sein Blick wurde wieder finster. „ Es waren nur Nutten. Ich habe der Gesellschaft sogar einen Gefallen getan! Ich werde gut dafür bezahlt, der Boss macht jemanden damit glücklich und keiner vermisst diese Dreckshuren, also haben wir doch alle gewonnen."

„Widerlich! Wie kommen sie darauf, dass sie die Entscheidung treffen dürfen, ob sie sterben oder nicht?"

„Hörst du mir nicht zu? Oder du bist genauso dumm wie die Nutten! Egal, ich erkläre es dir gerne noch mal. Es ist eigentlich ganz einfach meine Liebe. Der Grund ist der Gleiche, weshalb du noch lebst und dass ich entscheiden werde wann ich euch töte." Er lehnte sich zurück und grinste. „Weil ich es kann."

"Ich dachte das entscheidet dein Chef?" Entgegnete ich.

"Da vorne musst du abbiegen, wir fahren ein bisschen aufs Land raus."

Wir sprachen ab hier kein weiteres Wort mehr miteinander. Ich hatte auch keine weiteren Fragen und angesichts der Tatsache, dass Dana und ich eh bald unserem Schöpfer gegenüber treten würden, empfand ich es auch nicht als ganz so wichtig. Ich dachte an die kleine Emily und an Nina. Ich fühlte mich hilflos bei dem Gedanken daran, dass sie Daniel zum Opfer fallen würden. Ich konnte nichts tun, um sie zu warnen.

Es ärgerte mich aber auch, dass mir das so lange entgehen konnte, was er für ein kranker Sadist war. Wir haben viele Jahre lang zusammengearbeitet und pflegten eigentlich ein gutes Verhältnis, gingen hin und wieder gemeinsam essen und auch mal abends einen trinken und er wirkte dabei immer völlig normal.

Mittlerweile fuhren wir eine schmale Landstraße entlang und ich bekam ein Déjà-vu. Das ist dieses unerklärliche Gefühl etwas schon mal erlebt zu haben. Nur das es in diesem Fall nicht nur ein Gefühl war, ich war diese Straße wirklich erst heute Morgen entlang gefahren.

VIII

Mein komisches Gefühl bestätigte sich in dem Moment, als wir auf die Auffahrt einbogen und auf die großzügige weiße Villa zufuhren.

Es war tatsächlich der Fall, dass ich heute früh schon hier gewesen bin. Der Mord an Frau Kohlmann fand in dem Haus nebenan statt und mir kamen leichte Zweifel, ob ich den Richtigen verhaftet hatte.

Das Haus von Ahab war genauso, wie Daniel es beschrieben hatte. Es sah alles aus wie geleckt. Das Gelände war von hohen Koniferen eingerahmt und das war etwas, was ich heute schon Mal gesehen habe, nur von der anderen Seite der Hecke. Konnte es tatsächlich möglich sein, dass die Familie Kohlmann mit diesem Perversen befreundet war?

Die Antwort auf meine Frage bekam ich in dem Moment als ich die Gestalt von Herrn Habock am Türrahmen anlehnen sah. Er erwartete uns bereits. Seine Arme waren lässig vor der Brust verschränkt und er lächelte uns zu. Das war also unser mysteriöser Ahab. Ich wollte es nicht glauben, dieser Kerl saß noch vor ein paar Stunden in meinem Büro und machte mir mit einer perfekten Darstellung glaubhaft, dass er bestürzt war über das Ableben von Frau Kohlmann. Ich zweifelte ein wenig an meinem Verstand.

Zumindest konnte ich mir jetzt zusammenreimen, woraus sich der Name Ahab ergab. Es war eine Kombination aus dem Vor- und Nachnamen von Alan Habock. Ob die Einheimischen von Osttimor ihm nun diesen Namen gegeben hatten oder ob es ihm selbst eingefallen ist, bleibt wohl sein Geheimnis, aber ich war mir sicher, dass Daniel seinen wahren Namen nicht kannte.

Mein Magen krampfte sich zusammen, als ich an das Gespräch mit Alan dachte und ich ihn bat auf das Mädchen aufzupassen. Ich hatte die kleine Clara in die Hände eines kranken Sadisten übergeben und hoffte nun inständig, dass er ihr noch nichts angetan hatte und es auch nicht vorhatte. Die Möglichkeit, dass er die Tochter der Kohlmanns bei sich haben könnte, erweckte wieder den Kampfgeist in mir. Ich wusste zwar nicht, wie ich es schaffen sollte uns aus dieser Situation zu befreien, aber ich würde nicht kampflos aufgeben. Ich musste nur den richtigen Moment abpassen.

Ich war mir so sicher, dass Chris Kohlmann der Mörder seiner Frau war und er ließ mir gegenüber auch keinen Zweifel daran, aber jetzt bestand zumindest die Möglichkeit, dass es noch einen weiteren Verdächtigen gab. Zu schade, dass ich diese Möglichkeit vielleicht nicht mehr überprüfen könnte.

Ich hielt direkt vor der Haustür an und wir stiegen aus meinem Auto. Daniel stand mit gezogener Waffe hinter uns.

„ So sieht man sich wieder, Herr Kommissar." Ahab lächelte uns an. „ Ich hoffe Herr Minning war nicht zu grob zu ihnen."

Dana sah mich mit einem fragenden Blick an, sie wusste ja nicht unter welchen Umständen Ahab und ich uns kennen gelernt hatten.

„ Ich habe sie beim besten Willen nicht für einen Perversen gehalten, Herr Habock." Warum nicht ein bisschen Provozieren.

„ Und sie sind bestimmt Frau Kebeck, nicht wahr?"

Dana gab keine Antwort, sie sah ihn nur mit einem kalten und wütenden Blick an.

„ Antworte gefälligst wenn der Boss dich was fragt, Schlampe!" Daniel schubste sie ein Stück nach vorne.

„ Lass die Finger von ihr du Arschloch!" Ich machte einen Schritt auf ihn zu.

„ Oder was?" Er zielte jetzt mit seiner P6 direkt auf mich. „ Du bist tot, bevor du mich erreicht hast."

„ Aber, aber meine Herren, wir können uns doch wie zivilisierte Menschen benehmen." Ahab zeigte auf die Haustür. „ Hier draußen ist es ein bisschen schattig, nicht wahr. Ich würde vorschlagen, dass wir uns im Haus weiter unterhalten. Bitte treten sie ein."

„ Na los, ihr habt ihn gehört. Vorwärts!" Daniel ging in seiner Rolle voll auf und er liebte es anscheinend andere zu rumzuschubsen. Noch so ein Hobby von ihm, von dem ich nichts wusste.

Der Eingangsbereich war nicht weniger eindrucksvoll als das Äußere seiner Villa. Die Fliesen auf dem Boden waren aus feinstem Marmor gefertigt. Die Wände waren aus Holz getäfelt und die Ölgemälde die daran angebracht waren, sahen alle sehr teuer aus. Ahab ging vorweg und Daniel hinter uns her. An einer Tür, die in der Wand nur sehr schwer zu erkennen war, weil sie ebenfalls aus Holz gefertigt war und sich nur durch kleine Spaltmaße vom Rest abgrenzte, blieben wir stehen.

„ Wohin dieser Weg führt, wissen sie bestimmt schon. Bitte, Ladys first."

Ahab zog sie auf und wir blickten in ein schwarzes Loch.

IX

Daniel hat nicht übertrieben, was die Treppe anging. Sie war tatsächlich sehr schmal und ging auch recht steil nach unten. Es wird sicherlich nicht leicht gewesen sein, die toten Frauen hier hoch zuschleppen. Der Körper eines Menschen erschlafft komplett, wenn dieser Tot ist und es gibt keinen richtigen Widerstand, was das Ganze zu einem wahren Kraftakt werden ließ.

Der Kellergang war genauso prunkvoll wie der Flur im Erdgeschoss. Ein langer roter Teppich und diese ekelhaften Bilder an der Wand, die, wenn man nicht wusste worum es sich handelte, tatsächlich sehr elegant auf dem grauen Hintergrund wirkten.

„ Was haben sie mit uns vor?" Mir schien die Frage fast überflüssig, aber ich stellte sie trotzdem.

„ Ich glaube zwar, dass sie das schon wissen, aber wenn nicht, möchte ich ihnen die Überraschung auf keinen Fall verderben."

Wir gingen direkt den geraden Weg in seine Folterkammer. Als er das Licht einschaltete, blieb mir augenblicklich die Luft weg. Das hier sah aus, wie ein professionelles Filmstudio. An den Wänden waren überall Scheinwerfer angebracht. Das Bett in der Mitte des Raumes war trotz seiner Vorgeschichte in einem blitzsauberen Zustand. Ich würde wetten, dass es Leute im Pornobusiness gibt, die für so eine Ausrüstung töten würden.

„Willkommen in meinem Atelier." Ahab stellte sich neben das Bett und breitete die Arme aus. „Herr Minning, seien sie bitte so freundlich und binden den Herrn Kommissar an meinem Schreibtischstuhl fest. Arretieren sie den Sitz so, dass ihm von der Show nichts entgehen kann. Ich werde mich derweil um diese bezaubernde Dame kümmern."

„Wenn sie glauben, dass ich mir ansehe, wie sie Dana für ihre kranken Spielchen missbrauchen, dann sind sie falsch gewickelt!" Ich spannte meine Muskeln an und wollte gerade einen Schritt nach vorne gehen als ein Schuss fiel.

Daniel hatte mit der Waffe vor mir auf den Boden geschossen, so dass ein Zentimeter vor meinem rechten Fuß jetzt ein kleines Loch zu sehen war.

„Ich hoffe, sie wissen, dass sie mir gerade den Teppich ruiniert haben, Herr Minning? Ich werde es ihnen leider vom Lohn abziehen müssen." Ahab lächelte ihn dabei verschwörerisch an.

„Lieber lasse ich mich abknallen, als zuzulassen, dass sie mit uns einen ihrer kranken Filmchen für ihre abartigen Freunde drehen."

„ Also zunächst mal, das hier wird kein Film für meine verehrte Kundschaft, sondern eine exklusive Vorstellung, die ich ausschließlich für sie, mein lieber Herr Logat, geben werde. Des Weiteren, sollten sie sich das ganze sehr wohl anschauen und diese Art der Kunst auch ihren nötigen Respekt entgegen bringen, ansonsten werde ich sie beide auf der Stelle erschießen und anstatt der Frau Kebeck die kleine Clara bemühen. Sie ist oben im Gästezimmer und schläft. Die Entscheidung liegt ganz bei ihnen."

Ich fühlte mich, als wenn ich in ein tiefes Loch fallen würde. Ich sank auf den Stuhl nieder und kämpfte mit den Tränen. Ich musste Dana opfern um die kleine Clara zu verschonen.

Daniel band mir meine Hände mit einem Seil auf dem Rücken fest und schnürte danach meine Füße zusammen.

Als Alan Dana an ihrer Hand packen wollte, zog sie diese zurück. Gut so Mädchen, dachte ich mir, wehr dich. Er griff ihr an den Hals und warf sie unsanft auf das Bett. Sie schlug wild um sich, so dass er sie nicht festbinden konnte. Er versuchte zwischen ihren Tritten und Schlägen ihre Hände zu greifen, doch sie riss sich jedes mal wieder los.

Seine Faust traf sie mitten ins Gesicht. Alan schlug so hart zu, dass sie im gleichen Moment das Bewusstsein verlor. Ich versuchte mich loszureißen, konnte es aber nicht. Daniel hatte ganze Arbeit geleistet. Nun hatte er leichtes Spiel. Er band ihre Hände an einem Seil fest, das zur Decke hoch ging. Der Flaschenzug, schoss es mir durch den Kopf. Ahab gesellte sich zu Daniel an das Bett und ging zum Fußende um an dem Seil zu ziehen. Der Reglose Körper wurde bis kurz unter die Decke hochgezogen, so dass ihre Zehenspitzen nur leicht das Laken berührten. Er arretierte das Seil. Alan griff neben das Bett und hob einen silbernen Koffer auf die Matratze. Er gab die Zahlenkombination am Deckel ein und öffnete diesen. Schockiert musste ich die vielen glänzenden Gegenstände zur Kenntnis nehmen, welche sich darin verbargen und mir wurde endgültig klar, was für ein krankes und auch widerliches Spiel sich hier gleich abspielen würde. In mir machte sich Panik breit.

Er holte ein Messer heraus und schnitt Dana langsam und schon fast behutsam jedes einzelne Kleidungsstück herunter. Er achtete peinlichst genau darauf, sie nicht mit der Klinge zu verletzen. Sie hing jetzt vollkommen nackt von der Decke. Ahab grinste und kam auf Daniel und mich zu.

„ Und wie gefällt es ihnen bis hier her, Herr Logat?"

„ Ich werde sie kriegen und sie werden für ihre Morde büßen, das schwöre ich!"

„Dazu sind Beweise nötig, Herr Kommissar. Apropos Beweise. Ich hätte gerne noch das Buch, welches Herr Kebeck verfasst hat und dass sich laut meinen Informationen nun in ihrem Besitz befindet."

„Das ist Pech, ich habe es nicht bei mir."

„Wenn sie es also nicht dabei haben, dann gehe ich davon aus, dass es in dem Hotelzimmer zu finden sein wird, in welchem sie heute Nachmittag abgestiegen sind." Er sah mir meine Verwunderung an. Daniel war also schon die ganze Zeit hinter uns her? Aber wie konnte er uns so schnell folgen? Meine Gedanken überschlugen sich. Er konnte unmöglich so zeitnah hinter uns her gekommen sein, als wir sein Haus verlassen haben.

„Sie überlegen jetzt bestimmt, woher ich das weiß, nicht wahr? Das ganze ist einem glücklichen Zufall zu verdanken. Das Hotel, welches sie gewählt haben, gehört einem Freund von mir, der zugleich auch ein Kunde ist. Er informierte mich über ihr eintreffen, genauso wie er mich darüber in Kenntnis setzte, dass Herr Kebeck dort seine Gespräche mit den Nutten führte. Sie hatten sogar das gleiche Zimmer und das haben wir schon nach dem ersten Gespräch von Herrn Kebeck verwanzt, so konnte ich sowohl den aktuellen Kenntnisstand zu Mikes Ermittlungen erfahren, als auch die Dinge, die *sie* als nächsten planen würden." Er grinste. Arschloch! „ So genug der Plaudereien, ich werde mich jetzt in Schale werfen und sie, mein lieber Herr Minning, werden zu allererst das Problem mit dem Gerichtsmediziner lösen und anschließend besorgen sie mir bitte noch das Buch."

„ Verstanden, aber sind sie sicher, dass ich nicht lieber hier bleiben soll? Ich meine ja nur, für den Fall das etwas schief läuft?"

„ Ich denke, ich habe hier dank ihnen, alles unter Kontrolle. Sie können gehen."

Daniel nickte, steckte seine P6 in den Halster und verließ den Raum.

„ Ich werde mich beeilen Herr Logat, sie können es sicherlich genauso wenig erwarten wie ich."

Kurze Zeit später waren Dana und ich alleine im Raum. Um uns herum war es still geworden. Ich versuchte nachzudenken, einen möglichen Weg zu finden, aber es wollte mir einfach nichts einfallen.

„ Hilf mir. Bitte tu was." Dana kam wieder zu sich.

„ Es tut mir leid, Dana. Es tut mir so leid."

Ich versuchte mich zu bewegen, doch die Rollen des Stuhls waren fest und auch drehen ließ sich diese dumme Ding nicht. Ich drehte also meinen Kopf hin und her, um hinter mich zu blicken. Ich konnte nicht viel sehen. Mir fiel aber auf, dass die Tischkante aus Metal gearbeitet war und ein klein wenig überstand. Ich lehnte mich zurück. In mir wuchs die Hoffnung, als ich merkte, dass der Stuhl nach hinten nachgab. Ich streckte meine Arme durch und versuchte den Schmerz zu ignorieren der dadurch entstand. Ich fing an, die Fesseln an der Kante aufzureiben und fühlte wie der Druck der Seile langsam aber stetig nachgab. Ich konnte bereits meine Finger wieder spüren.

Ich hörte abrupt auf, als Alan plötzlich in der Tür stand. Ich hoffte, dass er nichts mitbekommen hatte. Er sah mich direkt an. Sein Gesichtsausdruck war so ausdruckslos, dass ich nicht wusste, ob er etwas bemerkt hatte oder nicht. Als er schließlich seinen Blick von mir abwandte und wieder zum Bett sah, spürte ich eine große Erleichterung. Die hielt jedoch nicht lange an, denn ich war immer noch nicht frei und ich wusste auch nicht, wie viel noch nötig war, um die Fesseln durchzuscheuern. Mir fror das Blut in den Adern ein, als ich sah, was er jetzt in seinen Händen hielt. Mit der einen Hand hielt er wieder den Koffer, mit dessen Inhalt er die Frauen quälte, von dem wusste ich ja bereits aber in der anderen hielt er einen langen Spitzen Gegenstand, der wie ein Spieß aussah. Dieser war etwa dreißig Zentimeter lang und glänzte im Licht der Scheinwerfer. Ahab selbst trug nichts außer ledernen Handschuhen. An seinem Körper war jeder Muskel klar definiert und er bewegte sich jetzt ganz anders. Es machte den Eindruck, als wenn er ein Ritual durchläuft. Eben noch ging er zielstrebig und elegant, jetzt sah es aus, als wenn er versucht in Zeitlupe zu gehen, so wie jemand, der eine Katze imitieren möchte. Er ging oder vielmehr schlich auf Dana zu und stellte den Spieß neben das Bett. Dann griff er in den Koffer und hielt kurz inne. Er sah mich jetzt an.

„ Haben sie einen speziellen Wunsch, womit ich beginnen soll? Ich dachte mir ja, dieses kleine Accessoire spare ich uns bis zum Schluss auf. Ich werde Dana dann langsam darauf gleiten lassen." Er hielt den Spieß hoch und stellte ihn dann wieder ab. Ich machte keine Anstalten ihm eine Antwort zu geben und ich denke er hat auch keine erwartet. Er nahm eine Peitsche heraus und stellte sich hinter Dana. „ Wir sollten mit ein bisschen mit klassischem SM beginnen."

„ Nein, bitte nicht", flehte Dana, doch er schwang die Peitsche durch die Luft und ließ sie mit einem lauten Knall auf ihrem Rücken aufschlagen. Die Haut platzte auf, als der Riemen sie traf und das Blut schoss heraus. Sie streckte sich vor Schmerzen durch und schrie.

„ Lass sie in Ruhe du Schwein!" Mir stiegen Tränen in die Augen, denn mir wurde bewusst, dass ich sie in diese Lage gebracht hatte. Ich hätte sie einfach nicht mitnehmen dürfen, als ich zu Florian fuhr. Ein zweiter Peitschenschlag landete auf ihrem Rücken und wieder entstand ein langer Riss unter der Wucht.

Scheiß drauf, dachte ich und wenn er es merkt, ich musste Dana helfen. Ich fing wieder an die Fesseln am Tisch zu reiben. Kurz dachte ich Ahab würde es bemerken und mich wieder festbinden, aber er war so in Ekstase, dass er mich offensichtlich nicht einmal mehr wahrnahm.

Ein dritter Schlag traf Dana und das Blut lief ihr mittlerweile am Bein herab und tropfte auf das Laken. Ich war wie in rage und rubbelte immer schneller, spürte wie die Fesseln nachgaben. Ich blickte immer wieder zum Bett und suchte den Blickkontakt zu Dana oder zu Ahab. Er muss es doch sehen, dachte ich bei mir, ich wippe hier hin und her. Vielleicht glaubte er aber auch nur, dass ich mich quälen würde, weil ich es mit ansehen musste, was er tat. Ich war überzeugt, dass es nicht mehr lange dauern konnte bis die Fesseln durchgescheuert waren. Ahab hob erneut die Peitsche und wollte gerade ausholen, da war ich auf einmal frei. Ich war wütend. Nicht noch mal du Drecksack, in meinem Kopf herrschte der blanke Hass und ich stürmte nach vorne. Dabei vergaß ich völlig, dass meine Füße noch zusammengebunden waren. Wenn es in diesem Moment etwas gab, was gnadenloser war als dieser widerliche Perversling, dann waren es die Gesetze der Physik, die mich geradewegs vornüber auf die Bretter schickten. Jetzt hatte ich natürlich seine Aufmerksamkeit. Er sprang mit einem Satz vom Bett und stand plötzlich neben mir. Ich drehte mich auf den Rücken und benutze den Schwung, um den Stuhl, der immer noch an meinen Füssen hing auf Ahab zu schleudern. Er schrie auf, als ich ihn damit am Knie traf. Ich hörte ein lautes Knacken, konnte es aber weder dem Stuhl, noch Ahab zuordnen. Es war mir in diesem Moment aber auch egal, ich hatte etwas Zeit gewonnen. Ich setzte mich auf und öffnete die Fesseln an den Füßen. Während Alan sich wieder aufraffte, hatte ich meine Beine befreit. Ich sprang auf und warf mich in seine Richtung. Dabei schlugen wir auf einen der Scheinwerfer, der krachend auf dem Boden landete. Er versuchte sich zu wehren, aber er hatte keine Chance mehr. Ich drehte ihn auf den Rücken und drückte ihm mein Knie in den Nacken. Ich griff nach dem Kabel des Scheinwerfers, der neben uns lag und band ihm die Hände auf dem Rücken fest. Ich zog ihn hoch und wir gingen zum Fußende des Bettes, wo ich die Arretierung des Seils löste und Dana langsam und behutsam auf das Bett gleiten ließ. Sie lag nun auf dem blutigen Laken und ich konnte sie wimmern hören. Das mussten entsetzliche Schmerzen sein und ich empfand tiefes Mitleid und einen großen Hass auf Daniel und Ahab. Ich musste mich zusammenreißen, ihn nicht einfach zu töten.

„ Ich verhafte sie wegen Vergewaltigung und des Mordes in mehreren Fällen." Ehrlich gesagt fühlte ich mich ein bisschen unwohl, denn immerhin hatte ich einen nackten Mann mit auf dem Rücken zusammengebundenen Händen vor mir. Das abartige daran ist, dass er immer noch einen Ständer hatte.

„ Was für Morde? Ich habe niemanden getötet oder vergewaltigt! Alles was ich getan habe, passierte im völligen Einverständnis der Damen. Ich habe sie alle vorher gefragt und sie haben zugestimmt, diese Praktiken zu durchzuführen."

„ Blödsinn, sie haben sie verstümmelt! Wir können die Leichen mit den Kondomen in Zusammenhang bringen, die wir in ihren Mägen gefunden haben. Und selbst wenn sie den Mord nicht selber ausgeführt haben, ist es genauso schlimm, wenn sie ihn befehlen."

„ Ich habe überhaupt nichts empfohlen?" Er dreht sich leicht, so dass ich sein Gesicht sehen konnte. Er grinste. "Ich habe Herrn Minning jedes Mal gebeten, dass er die Damen nach Hause bringt. Die Tatsache, dass sie sterben mussten, ist alles ihrem verehrten Kollegen eingefallen. Ich habe sie also weder ermordet, noch habe ich es in

Auftrag gegeben. Und was die Kondome angeht, die Frauen haben mich regelrecht angefleht, dass sie die Kondome fressen dürfen."

„ Und das mit Dana? War das auch einvernehmlich?"

„ Technisch gesehen, habe ich Dana ja nicht sexuell missbraucht, sondern nur misshandelt. Ich habe sehr gute Anwälte und sie wissen ja selber, dass hier in Deutschland ein Sexualdelikt nicht so hart bestraft wird, wie ein Kapitalverbrechen. Ich bin schneller wieder frei, als es ihnen lieb sein dürfte."

„ Sie haben ihre Nummer eins vergessen."

„ Wie bitte?"

„ Ihre Nummer eins. Anita Koscik. Ihr mussten sie ja auch ein Souvenir in den Hals stecken und wenn ich die Aufzeichnungen von Daniel richtig gelesen habe, dann müssten sie sie noch selber getötet haben, denn er ist erst danach in ihre Dienste getreten. Und nach meinem Rechtsverständnis und das der Strafkammer, ist das Mord. Also werden sie wohl doch etwas länger im Gefängnis sitzen." Ich glaube, das hatte gesessen. Ahab war plötzlich ganz still und ich konnte spüren wie er nach einer passenden Antwort darauf suchte. Ich guckte zu Dana hinüber und sah, dass sie sich von den Fesseln an ihren Handgelenken mittlerweile selbst befreit hatte und sich langsam aufrichtete.

„ Sie können doch gar nichts beweisen, Herr Logat. Ihr Kollege, der Herr Minning, wird sich um den Zeugen und um das Buch kümmern, dann steht ihre Aussage gegen seine Aussage."

Das war tatsächlich der Haken an der Sache und mir wurde klar, dass ich als nächstes die Familie Kontz finden musste. Nur wie?

„ Alan? Was ist los?" Clara stand plötzlich in der Tür.

Ich hatte sie total vergessen und jetzt stand sie da. Vor ihr eine ausgepeitschte nackte Frau, ein nackter Alan und ein Typ der diesen gefesselt festhielt. Ich hoffte, dass sie noch zu jung war um das alles so wahrzunehmen. Durch ihr erscheinen war ich kurz so abgelenkt, dass ich den Griff am Handgelenk von Ahab etwas lockerte. Eine Millisekunde später, als er es bemerkte, versuchte er sich er sich loszureißen und stürmte nach vorne. Er fing an zu taumeln und stolperte schließlich. Er flog mit Schwung auf das Bett und weil er sich nicht festhalten konnte krachte er auf der anderen Seite wieder herunter. Clara fing an zu schreien und ich wunderte mich kurz, weshalb er nicht wieder aufstand.

Ich ahnte böses und guckte vorsichtig um das Bett herum und konnte sehen, weshalb Clara plötzlich so außer sich war. Die Spitze des Spießes ragte ein paar Zentimeter aus der Brust von Alan heraus. Sie hatte sich mitten durch sein

Herz gebohrt. Er röchelte und spuckte Blut. Ich kniete mich neben ihn und ging mit meinem Mund so nah an sein Ohr wie es nur ging.

„ In ihrer Geschichte bin ich wohl Moby Dick und Ahabs Glückssträhne ist jetzt vorbei."

Ich konnte Clara gerade noch davon abhalten, sich auf Alan zu stürzen, der gerade seinen letzten Atemzug machte. Sie hatte schließlich keine Ahnung, was er für ein mieses Schwein war. Für sie war es der zweite geliebte Mensch, den sie an diesem Tag verloren hatte. Jetzt hatte sie keinen mehr. Dana quälte sich zu uns herüber und kniete sich neben Clara. Sie nahm sie in den Arm und versuchte sie zu trösten.

„ Danke dass du mich gerettet hast." Sie versuchte, trotz der Schmerzen, zu lächeln.

Auf einmal kam mir der Einfall, wie ich die Familie Kontz doch noch davor bewahren konnte, durch Daniel ermordet zu werden. Ich stürzte aus dem Zimmer und ging in den angrenzenden Raum, wo Alan sich umgezogen hatte. Ich konnte leider nicht finden, wonach ich gesucht hatte und rannte zu Dana zurück.

„ Hör zu, ich muss Daniel stoppen. Du bleibst hier bei Clara und ruf die Polizei."

„ Die Polizei? Ich denke es ist nicht sicher?"

„ Wir müssen das Risiko eingehen. Ich denke, dass Ahab nicht Daniel losgeschickt hätte, wenn er noch jemand anderen dafür gehabt hätte. Ich muss los. Familie Kontz braucht meine Hilfe."

„Wie willst du sie finden? Hat dein Auto ein Peilsender?"

„Nein, dass nicht. Aber mein Handy liegt bestimmt noch im Fußraum. Das Ding hat einen GPS Empfänger."

„Ok. Beeil dich, er hat jetzt schon einen großen Vorsprung."

Ich nickte und rannte durch den Flur und anschließend die Treppe hoch. Ich wäre zweimal fast gestolpert, konnte mich aber gerade noch abfangen. Als ich oben ankam, lief ich ins Wohnzimmer und dort fand ich schließlich, was ich brauchte.

Auf dem Wohnzimmertisch stand der Laptop von Alan. Er war aufgeklappt und zeigte ein gerade angefangenes Solitärspiel. Er musste es unterbrochen haben, als wir auf dem Hof ankamen. Ich suchte die USB Anschlüsse ab und war erleichtert, als ich die Sim-Karte sah, die in einem der Slots steckte. Ich öffnete den Browser und dann die Handyfinderseite um meine ID einzutippen und siehe da, ein roter Punkt bewegte sich auf der Karte. Mein Handy war also noch an und lieferte mir den Standpunkt von Daniel.

Ich stürmte zurück in den Flur und riss den Autoschlüssel vom Schlüsselbrett. Ich rannte zum Mercedes von Ahab. Die Fahrertür wurde

entriegelt und ich sprang hinter das Lenkrad.
Den Laptop legte ich behutsam auf den Beifahrersitz und dreht ihn so, dass ich einen guten
Blick auf den roten Punkt hatte. Ich drückte den
Startknopf und die vierhundertfünfzig Pferde
unter der Haube erwachten zum Leben. Ich trat
das rechte Pedal durch und die Karre machte
einen satten Satz nach vorne. Die sorgfältig ge-
reinigten Kieselsteine flogen links und rechts am
Fenster vorbei, während ich mich die Auffahrt
hoch kämpfte. Auf der befestigten Straße fuhr es
sich deutlich angenehmer und der Benz konnte
seine volle Kraft entfalten.

Obwohl ich in einem Wohngebiet unterwegs
war, hielt ich stramm die hundertachtzig Stun-
denkilometer ein und konnte es kaum erwarten
endlich auf die Autobahn zu kommen um richtig
Gas geben zu können.

Der rote Punkt bewegte sich auf der A7 in
Richtung Norden. Ich ahnte, wo er hinführen
würde, wollte es aber nicht glauben, dass Florian
tatsächlich zum Haus seiner Eltern gefahren sein
könnte. Sowohl ich, als auch Daniel wussten, wo
diese wohnten, schließlich hatte er uns vor zwei
Jahren dorthin zur Gartenparty eingeladen. Ich
hätte ihn nicht für so leichtsinnig gehalten.

Die Reifen gaben ein lautes quietschen von
sich, als ich durch die Kurve fuhr, die mich auf
die Autobahn führte. Als die Straße wieder gera-

de wurde, trat ich das Gaspedal wieder voll durch und beschleunigte auf die Höchstgeschwindigkeit.

Ich bin mein Leben lang noch nicht so schnell mit einem Auto unterwegs gewesen. Die Straßen waren um diese Zeit zum Glück nicht mehr ganz so stark befahren. Ich fuhr links und rechts an den Autos vorbei und zog mir immer wieder böse Lichthupen zu. Ich nutze jede Lücke, die sich mir bot und versuchte dabei immer das Tempo zu halten.

„ Auf ihrer Route befindet sich ein Verkehrshindernis." Das Navi erinnerte mich an die Dauerbaustelle auf der A7, die in einigen Kilometern auf mich wartete. Ich gab unbeirrt Gas und war wild entschlossen auch in der Baustelle nicht das Tempo zu verringern. Der rote Punkt bog jetzt an der letzten Abfahrt vor der dänischen Grenze von der Autobahn ab. Mein Verdacht bestätigte sich. Er fuhr zu Florians Eltern.

Vor mir sah ich die vielen roten Lichter, die sich in Form einer Schlange durch die verengte Fahrbahn quälten. Ich überlegte fieberhaft was ich tun sollte und entschied mich schließlich einen kleinen Umweg zu fahren. Der Gegenverkehr wurde auf unsere Spur umgeleitet, da die Straße auf der anderen Seite erneuert wurde. Ich hatte Glück, dass kein Auto von vorne kam, als ich quer über die Fahrbahn raste und durch die

Baustellenbarke schoss. Zu meiner Verwunderung gab es einen hellen roten Blitz und ich hätte fast aus Reflex abgebremst. Das würde bestimmt ein cooles Foto geben.

Die Straße war jetzt nicht mehr ganz so eben und ich hatte Mühe das Auto aus den Spurrillen zu lenken. Die Leute in den anderen Autos, werden mich wahrscheinlich verfluchen, aber es gab wichtigeres als das Gemüt der anderen Verkehrsteilnehmer. Als die Baustelle endete, hatte ich nicht so viel Glück. Ich versuchte wieder die Fahrbahn zu kreuzen, musste allerdings zwei entgegenkommenden Fahrzeugen ausweichen, die ihrerseits in die Leitplanken krachten, um nicht mit mir zusammenzustoßen. Es sah aber im Rückspiegel nicht ganz so schlimm aus, was mich etwas beruhigte.

Die Abfahrt, zu der ich mich vorarbeitete, lag nur noch gut einen Kilometer vor mir und ich konnte auf dem Bildschirm sehen, dass Daniel sein Ziel bereits erreicht hatte. Ich versuchte noch schneller zu fahren, aber mehr ging nicht. An der Abfahrt musste ich kurz abbremsen, da vor mir ein silberner Audi versuchte auf dem Verzögerungsstreifen so langsam zu fahren, dass sein Auto fast ausgehen musste. Ich zog das Lenkrad wieder nach links und scherte wieder vor ihm ein. Das er sein Fernlicht einschaltete um mich zu bestrafen bekam ich nur am Rande mit, da ich bereits um die Kurve fuhr, die mich auf die Landstraße brachte. Es waren nur noch ein paar Kilometer. *Bitte lass sie noch am Leben sein*, betete ich.

X

Das Haus von Florians Eltern lag etwas abgelegen vom nächsten Dorf. Es war ein schönes Holzhaus in einem sehr extravaganten Stil. Sein Vater war Architekt und hatte, wie es in seinem Beruf üblich ist, seine Hütte selber gestaltet. Das Wohnzimmer lag hinter einem großen Panoramafenster, das sich bis zum ersten Stockwerk hochzog. Ich persönlich finde es nicht so schön, wenn mir die Nachbarn, die es hier zwar nicht gab, aber irgendwann theoretisch herziehen konnten, dabei zusehen können, wenn ich fernsehe oder einfach nur auf der Couch liege.

An diesem Tag jedoch, war es ein Glücksfall. Ich fuhr auf das Haus zu und konnte durch das Fenster sehen, wie Nina, Florian und seine Eltern vor Daniel knieten. Er richtete seine Waffe auf den Kopf von Florians Mutter. Ich war also noch nicht zu spät, aber die Zeit wurde knapp. Daniel stand mit dem Rücken zum Fenster und damit er mich nicht kommen sah, schaltete ich das Licht aus.

Ich hatte es bis dorthin geschafft und jetzt musste ich mir überlegen, wie ich unbemerkt in das Haus kommen konnte. Dann kam mir eine Idee

Sie waren auf der anderen Seite des Raumes, so dass ich kurzerhand den Entschluss fasste den

Überraschungsmoment zu nutzen. Ich machte die Seitenfenster runter und trat das Pedal durch. Der Benz schoss auf den Gartenzaun zu, der beim Aufprall auseinander gerissen wurde. Der Garten lag jetzt dunkel vor mir und ich wusste von einem früheren Besuch, dass es hier irgendwo einen Teich gab. Das rechte Vorderrad tauchte plötzlich nach unten ab und kam kurz darauf wieder nach oben, was den ganzen Wagen durchschüttelte. Eine Gischt von Wasser spritzte neben dem Auto auf und ergoss sich ins Fahrzeug und ich wurde klatschnass. Zumindest wusste ich jetzt, wo der Teich war. Ich hatte leichte Probleme damit, die Spur zu halten, bekam es aber hin. Während ich auf das Fenster zuraste, mähte ich noch den einen oder anderen Gartenzwerg um, bis ich schließlich auf die Scheibe auftraf. Daniel dreht sich um und es verging ein schier unendlich langer Moment, in dem wir uns in die Augen schauten. Ich konnte ihm seine Überraschung ansehen. Ich krachte hindurch und es gab einen lauten Knall, als das Fenster zerbrach, um mich herum flogen Glassplitter. Vor mir baute sich eine große weiße Wand auf, als der Airbag sich öffnete. Gut das ich vorher die Fenster aufgemacht hatte, sonst hätte ich die nächsten Wochen nur noch ein klingeln in den Ohren.

Ich trat auf die Bremse und hoffte, dass ich nicht noch die Familie über den Haufen fahren würde. Der Benz kam zum stehen und ich öffnete die Fahrertür. Ich fühlte mich benommen und fiel seitwärts auf den Fußboden. Florian kam herbeigeeilt und half mir auf die Beine.

„ Er hat Emily!" Seine Stimme, drang ein bisschen wie durch Watte zu mir.

„ Was?"

„ Er hat sie oben in ihrem Spielzimmer eingesperrt und als du durch die Scheibe gefahren bist, ist er hoch gerannt."

Ich kam langsam wieder zu mir und versuchte mir einen Überblick zu verschaffen.

„ Ist sonst jemand verletzt?"

„ Nein."

„ Emily!" Nina rannte auf die Treppe zu und im nächsten Moment gab es einen lauten Knall und sie wurde zurückgerissen. Sie schlug auf den Boden auf und blieb reglos liegen. Florian eilte zu ihr und kniete sich neben seine Frau. Daniel war am oberen Treppenrand aufgetaucht und hielt Emily eine Waffe an die Schläfe. Sie weinte und rief nach ihrer Mutter.

„ Halt die Fresse oder ich bring dich auch um, wie deine Mami." Daniel klang wütend, aber Emily weinte weiter. „Wo bist du Kollege? Zeig dich! Ich weiß das du da bist."

„ Lass die Kleine gehen, sie hat nichts damit zu tun."

„ Für wie blöd hältst du mich? Sie ist meine Lebensversicherung."

„ Ich bin unbewaffnet! Du hast also nichts zu befürchten."

Ich stellte mich so hin, dass er mich nicht anvisieren konnte. Er ging langsam die Treppe runter, die Waffe immer noch an Emilys Kopf.

„ Ich bin neugierig Michael, wie bist du entkommen?"

„ Nun ja, sagen wir es mal so. Du wirst dir wohl einen neuen Arbeitgeber suchen müssen, falls du das hier überstehst."

Er hielt kurz inne, ging dann aber weiter nach unten.

„ Aha, dass heißt dann wohl, das das hier der Showdown zwischen uns wird. Nur bin ich bewaffnet und du nicht."

Ich hörte ein komisches Geräusch, dass wie ein zischen klang. Es kam von rechts aus der Küche. Ich blickte in die Richtung und sah Rudolph, Florians Vater, der mir seinen Revolver präsentierte. In mir wich die Anspannung ein bisschen und ich bedeutete ihm mit einem Handzeichen, dass er sie mir rüber schieben soll. Er legte sie auf den Boden und gab ihr einen Schubs in meine Richtung. Ich kniete mich hin, nahm die Waffe auf und legte den Sicherheitshebel um.

Daniel trat nun auf die letzte Stufe und wir sahen uns direkt an.

„ Überraschung." Sagte ich und zielte auf ihn.

„ Unbewaffnet hä? Na gut. Aber du willst doch sicherlich nicht riskieren das Mädchen zu treffen oder?" Er duckte sich hinter den Kopf von Emily.

„ Was willst du tun? Du hast keine Chance mehr, es ist vorbei."

„ Ich sage, wann es vorbei ist. Geh mir aus dem Weg."

Ich trat einen Schritt zur Seite und Daniel ging vorsichtig mit Emily zum Mercedes herüber, den ich da geparkt hatte, wo vorher noch der Esstisch gestanden hatte. Er ließ mich keine Sekunde aus den Augen. Er ging um den Wagen herum und setzte Emily auf den Beifahrersitz, wobei er immer noch die Waffe auf ihren Kopf gerichtet hielt.

Plötzlich hallte ein Schuss durch den Raum und noch bevor ich darüber nachdenken konnte, woher er kam, spürte ich ein starkes Brennen in der Brust. Erwischt! Ich hatte einen kurzen Augenblick nicht aufgepasst und Daniel hatte ihn genutzt. Er stand breitbeinig in dem großen Fensterrahmen und grinste mich an. Ich hörte Emily schreien. Meine Kraft verließ mich und ich sank auf die Knie. Daniel ging hinter dem Benz entlang und lachte dabei.

„ Ich hab dich erwischt, Arschloch." Er blieb stehen. „ Alles für die Katz nicht wahr? Du bist Ahab entkommen, hast es noch rechtzeitig her geschafft und nun gibst du doch den Löffel ab. Tja, das Schicksal ist Scheiße."

Meine Knie gaben nach und ich versuchte auf dem Rücken zu landen. Ich hob den Kopf um Daniel ansehen zu können und streckte die Hand durch, in der ich noch den Revolver hielt. Damit zielte ich jetzt auf die Decke.

„ Oha, ist das jetzt das letzte Aufbäumen? Willst du mich aus dem Liegen erschießen? Das guck ich mir ja an. Viel Glück."

Ich ließ die Waffe ein bisschen sinken. Ich hatte von meiner Position aus keine Chance ihn zu treffen, aber es gab eine andere Möglichkeit und ich hoffte, dass es funktionieren könnte. Ich schaute über die Kimme des Revolvers und zog den Abzug.

Der Schuss peitschte durch die Luft und traf genau da ein, wo ich ihn hinhaben wollte. Ich sah, dass sich ein Stück der restlichen Scheibe, die noch im Rahmen hing löste und nach unten Schoss. Ich konnte es zwar nicht sehen, hörte aber das matschige Geräusch, das sie verursachte, als sie Daniel den Kopf vom Körper trennte. Das sie ihn nicht in zwei Teile geschnitten hatte, wusste ich daher, weil sein Kopf einen kurzen Moment später angerollt kam und so liegen blieb, dass sich unsere Blicke kreuzten. Ich weiß nicht, ob es wahr ist, als mir mal jemand erzählt hat, das Enthauptete noch ein paar Sekunden lang weiterleben und auch sehen können was um sie herum passiert, denn es wird wahrscheinlich keine Studien dazu geben, aber ich dachte wenn es möglich ist, nutze ich es besser aus. Ich lächelte ihn an und winkte ihm zum Abschied zu. " Ich habe entschieden, dass du sterben wirst, du Bastard." Ich flüsterte.

Ich hatte es geschafft, sie waren in Sicherheit.

Die Welt um mich herum fing an zu verschwimmen, die Decke über mir drehte sich und ein seltsam warmes Gefühl breitete sich in mir aus. Ich hörte noch ein paar Stimmen, die nur sehr unverständlich zu mir durchdrangen, dann wurde um mich herum alles schwarz und der Boden schien unter mir zu verschwinden. Ich glitt einfach durch die Fliesen hindurch und fiel in ein tiefes schwarzes Loch.

XI

Ich spüre die warme Sonne auf meiner Haut. Schmecke die salzige Luft des Meeres. Die Möwen kreischen über meinem Kopf. Ich habe die Augen geschlossen und genieße den Moment. Meine Füße graben sich in den heißen Sand und ich lasse ihn durch meine Zehen rutschen. Das Rauschen der Wellen, die am Strand auftreffen, dringt an meine Ohren.

Ich öffne meine Augen und bin allein. Niemand ist hier, weit und breit ist keine Seele zu sehen, kein Gebäude, keine Straße, nur der Sand, die Grashalme, das Meer, die Möwen und ich. In mir herrscht Ruhe und Zufriedenheit, ich stelle mir keine Fragen. Ich will nicht wissen, wo ich bin oder wie ich hierher kam. Es ist so wunderbar friedlich, kein Lärm von außen, nur hin und wieder ein Geräusch, dass von den Möwen kam und wie ein piepen klingt, aber es stört mich nicht. Soll es ruhig piepen.

„ Michael?"

Diese Stimme. Woher kommt die? Sie kommt mir bekannt vor, aber niemand ist hier. Das piepen wird lauter.

„ Kannst du mich hören? Ich bin es Dana."

Dana. Welche Dana? Hier ist niemand.

Ich sehe mich um. Der Strand ist leer. Doch da! Vor mir taucht eine Silhouette auf. Sie wird deutlicher und ich erkenne eine Frau. Ich kenne sie nicht. Sie lächelt mich an. Ihre Harre sind braun und schulterlang. Sie ist nackt. Ihr Körper ist gebräunt. Ich fühle mich zu ihr hingezogen, dabei ist es sie, die auf mich zukommt. Ihre Brüste wippen leicht bei jedem Schritt. Ich bin versucht umzudrehen und wegzulaufen, aber ich bin erstarrt. Sie steht jetzt direkt vor mir und ich kann den Duft ihrer Haare riechen. Ich kenne diesen Geruch, er fühlt sich vertraut an. Sie streckt ihre Hand aus und greift nach meiner. Ich lasse es zu, sie bewegt sich wieder, und ich folge ihr. Wir machen nur ein paar Schritte, dann stehen wir im Wasser. Ich sehe, wie die Wellen das Wasser um meine Füße herumspülen, aber ich fühle es nicht. Es ist nicht nass, oder kalt, es ist so, als wäre es gar nicht da. Erstaunt blicke ich zu der Frau. Sie lächelt mich wieder an und dann nimmt sie mich in den Arm. Ich fühle auch sie nicht, keine Wärme, kein Herzschlag, nicht die Arme auf meinem Rücken und auch nicht ihren Kopf auf meiner Brust nur einen brennenden Schmerz, der eben noch nicht da war.

Ich spüre wie die Angst mich befällt. Aus ihrer Umarmung wird ein fester Griff, ich versuche mich zu lösen. Ihr Kopf muss von meiner Brust, der Schmerz wird unerträglich.

Sie zerrt an mir und wir fallen nach hinten und tauchen in das Meer ab. Ich bin so überrascht, dass ich vergesse die Luft anzuhalten. Wir treiben hinab, als wären wir aus Stein, dem Meeresgrund entgegen. Ich blicke nach oben zur Wasseroberfläche, aber da ist nichts. Es ist hell, nur Licht, kein Wasser und auch die Frau ist weg. Ich falle alleine. Wie gebannt schaue ich in das Licht. Ist das jetzt das Ende? Ist das das Licht, von dem man spricht, wenn man dem Tod ins Auge sieht? Sterbe ich jetzt, oder bin ich vielleicht schon gestorben und gehe jetzt den letzten Schritt?

Ich blicke weiter auf das Licht, aber es kommt nicht näher, es wird nur heller. Ein Gesicht taucht auf, erst als leichter Schatten, doch es wird deutlicher. Ich erkenne wieder die braunen Haare, die links und rechts an dem Gesicht herunterhängen. Ist das Gott? Hat sie mich am Strand abgeholt und bringt mich jetzt ins Paradies? Habe ich das verdient? *Die nehmen wohl jeden*, denke ich.

Ich kann das Gesicht jetzt deutlich sehen, und auch die Wasseroberfläche ist verschwunden. Ich erkenne eine Lampe, die über mir hängt und auch Schläuche und Kabel hängen in der Luft. Das piepen wird regelmäßiger und gehört zu einem kleinen Monitor, auf dem eine Sinuskurve meinen Herzschlag notiert.

„ Michael." Das Gesicht gehörte zu Dana. „Willkommen zurück."

Sie stand rechts an meinem Bett und hielt meine Hand, links von mir war der Arzt. Er hielt ein Klemmbrett in der Hand und schrieb etwas auf das Blatt, das darauf lag.

„ Wie fühlen sie sich, Herr Logat?"

Gute Frage. Wie fühlte ich mich? Der Schmerz in meiner Brust fiel mir wieder ein.

„ Als wenn jemand einen heißen Nagel in meine Brust steckt."

„ Sie haben sehr viel Glück gehabt, Herr Logat. Die Kugel hat ihre linke Herzkammer gestreift und sie haben sehr viel Blut verloren. Wir konnten sie wieder zusammenflicken und so wie es aussieht, haben sie das Schlimmste hinter sich. Ich werde die Schwester bitten, dass sie ihnen noch ein bisschen mehr von dem Schmerzmittel gibt."

„ Danke."

„ Gern geschehen." Er wandte sich an Dana. „ Ich möchte sie nicht rausschmeißen Frau Kebeck, aber Herr Logat braucht jetzt Ruhe."

„ Ich verstehe", sagte sie. „ Ich werde dich morgen wieder besuchen."

„ Okay."

Sie hauchte mir einen Kuss auf die Stirn und ging hinaus. Einen kurzen Augenblick versuchte ich mich an die letzten Momente zu erinnern, bevor alles schwarz wurde, doch dann schlief ich ein.

XII

Insgesamt verbrachte ich noch zwei Wochen im Krankenhaus. Dana kam mich jeden Tag besuchen, brachte Blumen, Süßigkeiten und was zum Lesen mit. Sie erzählte mir, was in den zwei Tagen passiert war, als ich im Koma lag und auch immer, was es gerade neues über die Ermittlungen im Fall von Ahab gab.

Ein Zimmer neben mir lag Nina Kontz, die es nicht ganz so schlimm erwischt hatte wie mich. Ich fühlte mich erleichtert, dass es ihr gut ging.

Auf der Dienststelle galt ich als Held und als Dank dafür, dass ich die Mordfälle gelöst und auch Dana, sowie Familie Kontz gerettet hatte, bekam ich vom Bürgermeister den Schlüssel zur Stadt verliehen. Das Kieler Tagesblatt schrieb einen großen Artikel darüber und ehrte natürlich auch die Arbeit von Mike. - Weshalb sie nicht schon vorher darüber geschrieben hatten, dass es eine ungelöste Mordserie gab, ließen sie natürlich unerwähnt, aber mir wurde zugetragen, dass es eine kleine Entlassungswelle in der Redaktion gegeben hatte.

Dana hatte die Polizei gerufen, direkt nachdem ich vom Hof fuhr. Die Kollegen holten sie und Clara aus dem Keller und schickten eine Onlineanfrage nach meinem Diensthandy raus. Die Streifenwagen trafen nur ein paar Sekunden eher bei Familie Kontz ein, bevor Florians Vater sie rufen konnte. Ich hatte von alledem nichts mehr mitbekommen. Nina und ich wurden mit einem Rettungshubschrauber in das Kieler Krankenhaus geflogen.

Der Laptop von Ahab hatte den Aufprall am Fenster zwar nicht so gut überstanden, aber die Kollegen aus der Technik konnten ganze Arbeit leisten und die Festplatte sichern. Dank der Informationen, die Alan darauf gespeichert hatte, konnten an die dreißig Morde aufgeklärt werden, die er begangen hatte. Zudem fand man natürlich die Adressen derjenigen, die sich die Bilder und auch die Videos bestellt hatten. Unter anderem wurde der Besitzer des Hotels verhaftet, so wie auch Hank, der Zuhälter, der seine Mädchen für einen Haufen Geld an Alan auslieferte.

So wie es aussah, hatte Ahab sein Geld nicht nur durch den Import von Kopi Luwak Kaffee verdient, der nebenbei bemerkt aus Katzenscheiße gemacht wird, sondern holte über diesen Weg auch noch Tonnenweise Kokain ins Land, welches er dann in ganz Deutschland verteilte. Unter anderem landete ein Teil davon auf dem Tisch von Hank. Der verteilte es ebenfalls auf die kleineren Dealer und hatte das Kieler Drogengeschäft komplett in seiner Hand. Dadurch, dass er daran unverschämt viel Geld verdiente, sah er über die Praktiken von Ahab hinweg.

Anita Koscik konnte einem Menschenhändlerring zugeordnet werden, der Frauen aus Tschechien ins Land brachte und sie unter einer anderen Identität und unter dem Vorwand sie seien Mitarbeiterinnen von einer Eventfirma Namens AmericaEvents, in die jeweiligen Städte schickte, um sie dort als Prostituierte zu verkaufen. Alan Habock war auch an diesen Geschäften mit beteiligt. AmericaEvents wurde daraufhin einer Razzia unterzogen und geschlossen. Ich hege aber keinen Zweifel daran, dass es demnächst einen neuen Weg geben wird, diese Art des Geschäftes weiter zu betreiben.

Johann Schmied brachte mir dieses Buch ins Krankenhaus, nachdem er es kopiert hatte. Da Daniel und Ahab allerdings das Zeitliche gesegnet hatten, reichte für die restlichen Verhaftungen der Inhalt von Habocks Laptop aus.

Ich schreibe also hier nur noch meine letzten Zeilen rein und übergebe das Ganze dann an Dana. Es war immerhin ihr Mann der diese Geschichte hier angefangen hatte und es war sein letzter Wunsch, dass sie es erhalten sollte. Ich möchte dem gerne entsprechen…

Dana

Epilog

Mein liebster Mike,

ich habe lange überlegt, ob ich hier etwas hineinschreiben soll. Ich sitze hier an unserem Küchentisch und du bist nicht da. Mir laufen die Tränen übers Gesicht und ich muss immer wieder absetzten, damit ich mich beruhigen kann.

Ich vermisse dich.

An dem Abend, als wir ins Kino gehen wollten, solltest du erfahren, dass ich ein Kind unter meinem Herzen trage, ein Kind, das nie seinen Vater kennen lernen wird.

Ich liege nachts in unserem Bett und sehe auf das leere Kopfkissen neben mir und wünschte du wärst hier.

Ich besuche dich jeden Tag auf dem Friedhof und lege dir Blumen nieder. Mein sehnlichster Wunsch ist es dich noch einmal in die Arme nehmen zu können, dich zu küssen und mit dir zu reden.

Trotz aller Trauer bin ich stolz auf dich mein liebster und ich weiß, dass ich dich irgendwann wieder in meine Arme schließen kann.

Ich werde dein Buch veröffentlichen, damit jeder weiß, was du getan hast. Du bist mein Held.

Ich liebe Dich!!!

Dana

9 783739 232355